獣・壊滅

Destruction of the beast

綺月 陣
JIN KIZUKI presents

ガッシュ文庫
KAIOHSHA

イラスト／亜樹良のりかず

CONTENTS

獣・降臨 …… 5
獣・壊滅 …… 83
獣・灼熱 …… 195
獣・真蛸 …… 231
獣・覚醒 …… 247
あとがき　綺月　陣 …… 281
亜樹良のりかず …… 283

本作品の内容はすべてフィクションです。
実在の人物・地名・団体・事件などとは一切関係ありません。

獣・降臨

「なぁ一矢《かずや》くん。この三が日、お店お休みやったやろ？　そやで美加《みか》、めっちゃ淋《さび》しかったねん。一矢くんへのお年玉に、今日はボトル入れさしてな」

「ホンマ？　嬉《うれ》しいなぁ。おおきに美加ちゃん」

思ってもいない感謝を笑顔で贈り、一矢は美加の肩を抱きよせた。艶のあるストレートヘアに軽くキスしてやると、美加が頬《ほお》を上気させ、上目遣いで一矢に媚《こ》び、豊満な乳房を押しつけてきた。指の背で軽く頬を撫《な》でてやりながら、一矢は毎度の質問を投げてみた。

「なぁ美加ちゃん。俺のどこが、そんなにええの？」

自意識過剰な質問だ。だが、これを女に語らせることが、ホストを天職と信じる一矢自身の喜びでもあった。賞賛のセリフはシャワーのごとくに浴びても飽きない。それどころか、この完璧な容姿に一層の磨きをかける材料に成り得る。

「どこて、みんなええに決まってるやん。イケメンやしぃ、背ぇ高いしぃ、優しいしぃ…」

鼻にかかった媚び声に、一矢は口元だけで微笑《ほほえ》み返した。ありきたりな形容だ。もっとなにか特別な賛辞が出来ないものか。例えば……生まれながらにして王者の風格が備わっているとか、巷《ちまた》で囁《ささや》かれる「キング」の呼称が誰よりも相応《ふさわ》しいだとか。一矢を喜ばせる褒め言葉は、少し考えれば多様にあるだろうに。

これだから退屈なのだ。バカな女は。

だが一矢は不快を微塵《みじん》も悟らせないよう、壁位置でスタンディングの後輩ホスト・神谷《かみや》に向かって指を鳴らした。

滑るような足取りでやってきた神谷が、毛足の長いボルドーカラーの絨毯《じゅうたん》に跪《ひざまず》く。一矢はソファに背を預け、美加の肩に腕を回した。甘えて擦《す》り寄る美加の、剥《む》きだしの肩を愛撫《あいぶ》しながら長い足を組み替え、よく通る声でオーダーを伝える。

「本日のプレミアムワインを、フルボトルでお持ちして」

「かしこまりました。プレミアムワインをフルボトルで、ですね？」

神谷がうやうやしくお辞儀し、一矢のオーダーを復唱すると、満席のソファから悲鳴のような溜息《ためいき》が漏れ聞こえた。どのゲストも、とても美加のマネはできない…といった表情だ。

それもそのはず、今日だけでもう二本目。市販価格の十倍近い値をつけている一本三百万のワインを、まだ二十歳《はたち》になったばかりの美加が易々《やすやす》と注文してしまうのだ。付け加えるなら、このホストクラブ「シュプール」の経営者であり、ナンバーワン・ホストでもある一矢を毎夜のように独占しているのだから、溜息のひとつやふたつ、出るというもの。

美加の父親は、梅田《うめだ》のど真ん中に商業ビルをいくつも構える資産家だ。美加がホストに貢ぐ程度の金額など、痛くも痒《かゆ》くもないらしい。

親の七光りで輝く髪を長い指で梳《す》いてやりながら、一矢は美加の、ダイヤのピアスが揺れる小ぶりな耳に熱い息を吹きこんだ。

「今晩仕事ハケたら、美加ちゃんのセカンドハウス行ってもええかな」

えっ！　と美加が一矢の顔を覗《のぞ》きこむ。

「うちのマンション来てくれるん？　そんなん言うてくれたん初めてや。美加嬉しい！」

整形で二重にし、つけまつげを二枚重ねた瞼《まぶた》がパチパチと瞬く。香水という名の腐臭がプンプン匂う金づるに、一矢は笑顔で頷《うなず》いた。

「美加ちゃん、ホンマはあんまり酒呑《の》まれへんのに、俺のためにボトルで頼んでくれてんのやろ？　その気持ちが俺、めっちゃ嬉しいねん。…そやから今日はふたりっきりで、静かに新年のお祝いしよ。な？」

「うんっ！」

一矢くん大好き！　と迷惑な告白と同時に抱きつかれた。自慢の広い胸で金づるを受け止め、その陰で一矢は顔を歪《ゆが》める。どうしようもなく単純だ…と。このバカさ加減に虫酸《むしず》が走る。軽蔑に値する。だが金は魅力。搾り取れるだけ取ってやる。

「キスしよか、美加ちゃん」

「え……っ」

「あかん？」

わざと残念そうに顔を退くと、ううん、と美加が必死になって縋《すが》りついてきた。

「あかんことないよ。そんなん言うてくれるの初めてやから、驚いてしもて…」

「店ん中やで、ごめん。スタッフらの手前、いくら美加ちゃんでもタダには出来へんねん。

もし、それでもええんやったら」

「ええよ、構へん。いくら？」

「美加ちゃんが決めて。俺の唇の値段。一万とか二万とか、そんくらいでも構へんし。…て、なんや俺、せっかくの美加ちゃんとのファーストキス、安ぅ見積もりすぎやな」

　はは、と自嘲気味に笑ってみせると、つられたように美加も笑った。こうまで言われて、安い値段を提示する女はいない。案の定、少し迷った末に美加は「五万……ううん、十万」と言った。吐き気を催すほどのバカ女だ。

　美加の顎に手を添え、ツヤツヤ光る唇にそっとキスした。と言うより、美加が塗ったグロスに触れた。これで十万なら安いものだ。

「美加……もう子供と違《ちゃ》うよ、一矢くん」

　一度では足りない美加が、うるんだ瞳で不平を唱えてきた。ならば微笑んで、もう一度。今度はさっきより〇・五秒ほど長く。これで二十万円。

　たった二度のキスで、美加の目は歓喜で潤み、恥ずかしいほど頬を紅潮させている。そんなにもキスが嬉しいのか、俺に餓《う》えていたのかと、公衆の面前で足蹴《あしげ》にしてやりたくなる。

　さらにもう一本ボトルを追加させようと口を開いたとき、入口付近が急に騒がしくなった。美加の意識がそちらを向く。商売のタイミングを外されて、一矢は険しい視線を走らせた。

　エントランスのドアが唐突に開く。

「いらっしゃいま……っ」

出迎えの新人ホストが声を詰まらせ、ドアの前から飛び退《の》いた。客に対して、あの反応はいただけない。

「なんや、みっともない…」

このホストクラブ・シュプールでは、なにごともそつなく、非現実的に、夢の国に誘う演出と振る舞いを心がけなくてはならない。それが、このミナミのホストクラブ・ナンバーワンを走り続ける最低条件だ。ドア一枚を開く仕草も、その立ち居振る舞いも、女性の目を楽しませ、心を惹《ひ》きつけるものであるべきだと、日頃から厳しく指導しているのだが……。

この非現実的な空間に土足で踏みこんできたのは、下品極まりない現実だった。

「なんやなんや、この色男の巣窟《そうくつ》は！　新年早々えらい繁盛しとるやんけ！」

やたら乱暴な物言いを、これみよがしに撒《ま》き散らしながら、広島大藪《おおやぶ》会系列、関西岩城《いわき》組の構成員・桜井《さくらい》が、肩を怒らせてフロアを見回す。ヤクザ者の乱入に、完全に客が引いている。

フロアの中央で足を止めた桜井が、サス・スポットの真下に立った。まるで極道ドラマの主役を射止めたような顔つきだ。

一矢は眉を寄せ、舌打ちした。一月だというのに真っ白なジャケットの下に趣味の悪いアロハシャツを着こんでいる季節感のなさは、頭の悪さが一発でわかる。こんなガラの悪い男が、シュプールのスポットに照らされていること自体が耐え難《がた》い。

ざわめくホストたちに、一矢は目配せで指示を出した。指令を受け、神谷が周囲に気遣いながら小声で素早く対応する。

「本年もよろしくお願いします、桜井さん。あの……事務所《うち》へ回ってもらえますか？」

場の空気を読めない…いや、読んでいながらわざと抗《あらが》う幼稚な極道が、いちゃもんのネタを得たとばかりに、神谷相手に唾を飛ばす。

「なんで事務所やねん。そらどういうこっちゃ。極道は入口から入ったらあかんのか。おお？　入る口と書いてイリグチて読むんじゃ、バカタレ！　入ってほしなかったら、はじめから出口て書いとけ。おお？」

「いえ、そういうことと違《ちご》て…ですね」

「なんやねんな、はっきり言わんかい！　コラこのくそガキ、われ誰のおかげで無事に年越せた思てんねん。俺らがちょこちょこ見回っとるおかげっちゃうんか。おお？」

一矢の肘をツン、とつついて美加が小声で訴えてきた。

「あの人ヤーさんやろ？　一矢くん、なんとかして」

「……ああ」

確かに、あの下品な男をのさばらせておけば店の品位に関わる。美加の目もある。ご婦人方も困惑している。ここは自分が出ていって、この場を納めるしかない。できれば桜井とは、個人的な接触も会話もしたくないのだが、仕方ない。

一矢が重い腰を上げたとき、よく通る太い声が館内に響いた。

「店員ビビらしてもしゃあないですよ、桜井さん」

「なにぃ？」

居丈高に桜井が背後を振り向いた…が、ワンテンポずれて、更に上空を仰ぎ見た。一矢もつられて視線を移動させるが、桜井のうしろに立っている男は異様に背が高く、首から上が、サス・スポットの陰になってしまっている。胸元のネクタイの柄しか窺《うかが》えない。…だが、きちんとタイを締めているあたり、桜井よりは礼儀をわきまえているようだ。

桜井より三十センチは上についていると思われる口…ということは、一矢より十五、六センチは背が高いらしい…から、再び桜井への忠告が注がれる。

「売り上げ落ちたら上納金に響きます。ここは穏便にいったほうがええんちゃいますか」

言葉遣いは桜井を立てているようでありながら、その声音には、従わざるを得なくなるような威圧的な匂いが立ちこめていた。桜井が、ウ…と詰まる。思わず一矢も息を呑む。

「そ…そないなこと、言われんでもわかっとるわい。ただコイツらが生意気やで、ちょいビビらせたっただけやないか」

と息巻いて、桜井はペッと絨毯に唾を吐いた。

神谷がペーパーナプキンを用意するより早く、大男がサッと身をかがめた。

絨毯に片膝をつき、それを自分のハンカチで拭い、ポケットに納める。お株を奪われて棒立ちになっている神谷に、「すまんの」と詫《わ》びを入れ、ゆらりと男が立ちあがった。

その瞬間、サス・スポットが、大男の全貌《ぜんぼう》を浮き彫りにした。

一矢の目が、釘付《くぎづ》けになる。

鋭い眼光に、心臓が射抜かれる。

全意識を、わし掴《づか》みにされる。

穏やかな台詞《せりふ》回しからは想像もつかない険しさが、男の顔に漲《みなぎ》っていた。獰猛《どうもう》と言うべきか、暴力的と表現すべきか、例えようのない荒々しさが、その双眸《そうぼう》から見て取れた。

一種凶暴な光を放ち、その立ち姿だけで周囲を威圧し、萎縮させる。まるで全身から放電しているかのような「気」、もしくは「オーラ」と言うべき独特の存在感を放っている。

だがそのオーラは間違っても、希望に満ちた輝きではない。なにかもっと禍々《まがまが》しく、暗く重い危険な種類のものだと一矢には感じられた。

「前もって訪問を伝えとくべきやったな。営業中に、悪かった」

「は……、あの、いえ……」

思ってもみない謝罪を返され、冷静な神谷が珍しく狼狽《うろた》えている。良識のある極道に、図らずも心を揺さぶられたらしい。その上あの外見だ。圧倒されないほうがおかしい。

しかし、一応の良識を備えていても所詮は極道。一般社会では部外者だ。

「なんや九堂《くどう》、われ、自分だけええかっこしくさって。おもろないのぅ！」

大男の名は、九堂というらしい。九堂が無言で桜井に頭を下げる。どうやら桜井は九堂より立場が上のようだが、どう見ても九堂のほうが大物の貫禄《かんろく》充分だ。

興味をそそられる――――一矢は美加に断りを入れ、ソファから離れた。

長い足でホール中央へ進んだ一矢は、桜井の前で足を止めた。シュプールのキングの登場に、桜井が眉を跳ねあげ、唇の端を好色に吊《つ》りあげた。

桜井がシュプールに来店した目的は「みかじめ料」の取り立てだが、別の理由があることも、一矢だけは知っている。会うたびに「一発やらせろ」と耳元で囁かれるからだ。桜井がそのテの趣味の男だと…一矢と同じ性癖を持っていると理解はしているが、桜井相手ではレベルが低すぎて、食指がまったく動かない。

まず、自分より背の低い男は論外だ。一流の容姿に恵まれた自分には、超一流の男が相応しい。だから一矢は、ハナから桜井など相手にしない。所詮桜井は、息巻くだけでなにもできない小心者だ。しょっちゅう一矢の退店を待ち伏せながら、路上に押し倒す度胸すらない小物なのだから、程度はたかが知れている。

今夜も一矢はわざと桜井を視界から除外し、その後方の男を見あげた。近づくと一層高さと大きさを実感させられる。

「初めまして。シュプールのオーナー、一矢です」

店内を視察していた強い視線が、ゆっくりと正面に落ちる。グルリと動いた九堂の眼球が、一矢を捕らえ――――一瞬なにかに驚いたように、見開かれた。

「われ……」

九堂がなにか言いかけて、口を閉じた。一矢のほうへ伸ばしかけた右手を、迷った末にそっと降ろす。先ほどまで、恐ろしいほどの重圧で周囲を黙らせていた九堂が、思いがけず困惑を顔に刷《は》き、一矢から視線を反らした。

動揺の理由はわからない。だが確かに九堂は、一矢を強烈に意識した。

おもしろい――――一矢は心の中でほくそ笑んだ。この男も、もしかすると同性愛者かも知れない。極道には、その道の男が多いと聞く。それでなくとも男が男に忠義を誓い、命を捧《ささ》げる特殊な世界だ。同性相手に魅力を感じるのは当然と思われる。

この大男、俺の顔に惚《ほ》れたか……。一矢はクックッと小さく嗤《わら》った。ひと癖もふた癖もありそうな大男に見初《みそ》められるとは光栄だ。なんならタダでキスしてやってもいい。

よくよく見れば、精悍《せいかん》で整った顔をしている。この異様な威圧感さえなければ、間違いなく夜の帝王になれるだろうに。

「桜井さん」

九堂の顔を見つめたまま、一矢は言った。当の九堂は、一矢から目を逸《そ》らしているが。

「事務所に、年始の御挨拶《ごあいさつ》をご用意さしてもろてます」

「年始の挨拶？　えらい気ィ利くやないか。さすがキングやな」

「……神谷。桜井さんを奥の部屋に御案内して」

二級酒と一緒に五万包んで渡しておけ、と耳打ちし、桜井を視界から追い払った。肩で風を切るようにして奥へと向かう桜井のうしろを九堂が進む。一矢は無言で九堂の肘に手を添え、行く手を阻んだ。

九堂が足を止め、一矢を見おろす。その目に先ほどの動揺の色はない。逆に嫌悪しているのかと疑いたくなるような視線を突き返されて、瞬間一矢は恐怖を抱いた。

すぐさま営業スマイルで動揺を隠し、いつもの口調で誘いをかける。

「さっきは助かりました。奥の席で、一杯ごちそうさしてもらえませんか？」

そう言いながら、一矢は九堂の肘に腕を絡めた。一矢ァと、美加がつまらなさそうに呼んでいる。一矢は壁で待機中のホスト数名に目配せし、美加のテーブルに向かわせた。美加はむくれているものの、三人もの美青年に囲まれて、まんざらでもなさそうだ。

それを横目で見届けて、一矢は九堂をスクリーンで囲われたVIPシートに案内した。

「桜井さんが戻られるまで、一杯作らしてもらいます。ブランデーでええですか？」

奥のソファを九堂に勧め、自分は正面に腰を降ろす。

グラスとアイス、ミネラルとブランデーボトルを一揃《ひとそろ》い運んできたホストが下がると、一矢は九堂の隣に移動した。先ほどのような反応を期待したのだが、九堂は無言で真正面を見据えたまま、どっしりと座っている。

「水割り？　ロック？」

「……水も氷もいらん」

ピュウ、と口笛を鳴らし、一矢はグラスにブランデーを注いだ。手渡す際に、わざと九堂の腕に肩を押しつけ、指に指を絡めた。

硬い皮膚。厚みのある大きな手。指は長いうえに関節が太く、ゴツゴツしている。肉体労働者の手だ。エリート嗜好《しこう》の自分に相応しい相手ではないが、体験は、してみたい。この手を見ただけで、すでに一矢は欲情している。キスしてやってもいい…などと思った自分を、一矢は即座に撤回した。そんな程度では足りない。握らせてみたい。この手に、ペニスを。

九堂が無言で杯を干し、空のグラスをタンッとテーブルに置いた。その豪快な飲みっぷりと動作に、一矢は思わず頬を弛《ゆる》めた。この男、気持ちよすぎて胸が空《す》く。

二杯目を注いでやりながら、一矢は九堂に微笑んだ。さりげなく九堂に凭《もた》れかかり、硬い太腿《ふともも》に手を置いた。九堂はピクリとも反応しない。…憎らしい。

「兄さん、名前は？」

「…九堂」

「上だけやのうて、下の名前も」

「………了司《りょうじ》」

「了司さんか。ええ名前やね。俺、一矢言いますねん。二十四歳。了司さんは？」

「……二十」

訊《き》いて一矢は耳を疑った。マジマジと九堂を眺めてしまう。そんな一矢を、九堂がうっとうしそうに見下ろして言う。

「なんや」

「なんや…て、そっちこそなんやねん。お前、俺より年下かいな！」

思わず一矢は噴きだした。この落ちつきぶり、この目つき、この口調、この度胸。どう見ても三十代…いや、大幅に譲歩して二十代後半がいいところだ。まさか年下だったとは。にわかには信じ難いが、それでも本人が言うのだから間違いないのだろう。

込みあげてくる笑いを隠しもせず、一矢は九堂の太腿を叩《たた》いた。

「年下やったら、呼び捨てでええよな。なぁ了司。この際はっきり言わしてもらうけど、お前、男もイケる口やろ」

「…どういう意味じゃ」

低い声で返されて、一矢はクスッと笑みを漏らした。九堂の腿を撫《な》でさすり、やや内側をやんわりと揉《も》む。……こんな場所まで石のようだ。この筋肉に、早くナマで触れてみたい。

「もしかして了司、俺に一目惚れしたんちゃう？」

からかってやるだけのつもりが、真顔でジロリと睨《にら》まれた。

「寝言ほざくな」

怒りでブチ切れそうな視線を真っ向からぶつけられて、一矢は焦った。九堂の腿に預けていた腕を、そろり…と浮かせて引きあげる。

「二度と戯言《たわごと》ほざくな、このボケが」

静かながら、やたら凄《すご》みのある声に、一矢の肌がザッと粟立《あわだ》つ。

「あ……ああ、わかった。悪かった」

とっさに一矢は謝っていた。卑屈な反応を返してしまった自分に戸惑う。それよりも、たった二言返されただけで全身が汗ばむ、この迫力に驚かされる。

商売柄、一矢はヤの字も警察もよく知っている。どちらのルートとも懇意にしているため、彼らに恐れをなしたことは一度もない。それなのに、いま。

一矢は本気で、九堂に怯《おび》えた。

芽生えた恐怖の反動で、一矢の過剰な自意識が頭をもたげる。ヤバい男だと思えば思うほど、その身に纏《まと》う筋肉のように固く閉ざされた内面を、この手で暴いてみたいと思う。自分ならできるはずだと、欲が出る。

この男、足元に傅《かしず》かせてみたい――――。

「そない怒るなよ、了司。冗談やて」

愛想笑いで手を伸ばしたが、相手にもされないどころか、腰を上げられてしまった。ちょうど桜井が戻ってきたのだ。

紙袋を下げた桜井は、先ほどより大きく肩で風を切っている。手土産と小遣いを与えた程度で、この上機嫌。ますます桜井が小物に見える。

ＶＩＰシートのグラスに気付いた桜井が、眉を跳ねあげた。

「なんやねん一矢。われ、俺の誘いは断るくせに、九堂には出血大サービスか。色男は得やのう。おお？　九堂よ」

九堂が無言で頭を下げる。言い訳もしない。立場をわきまえているのではなく、桜井とまともにやりあう気がないのだと知った。

「ほな行くで、九堂」

一礼して、九堂がテーブルから離れる。カウンターへ進み、懐《ふところ》からサイフを取りだすと万札二枚を抜き、さりげなく灰皿の脇に置いた。

「邪魔《じゃま》したな」

「い、いえ…っ」

グラスとナプキンを手にしたまま、バーテンダーが慌てて頭を下げる。小さな桜井に続いて、大きな九堂がホールを横切り、出ていった。

ホストクラブ全体に張りつめていた緊張が、一気に解ける。あちらこちらからホーッと安《あん》堵《ど》の溜息が漏れる。

九堂が出ていったドアから視線を外せないでいる一矢の背後で、バーテンダーが言った。

「イロつけて呑み代払《はろ》てくれるて、いまどき貴重なタイプですよね。…にしても、エラいゴッツイのが組入りしてきましたねぇ」

彼も緊張していたのだろう。ようやくグラス拭きを再開した。一矢もいまだ圧倒されたまま同意した。

「あーいうイカツイの見ると、なんやチョッカイかけたなってくるわ」

「出た！　カズさんの悪いクセ」

カウンターに肘を預け、高揚感で口元を弛ませている一矢の視線の右後方では、美加がしつこく手招いている。九堂の余韻に浸っていたい一矢の心中を察してか、バーテンダーがさりげなく、労《ねぎら》いのカクテルを作ってくれた。

おおきに、とカクテルグラスに手を伸ばし、一矢は美加に愛想笑いだけを送り返した。


翌日、一矢は愛車のジャガーを駆り、岩城組の屋敷を訪れた。

高い塀に囲まれた、立派な門構えの純日本家屋。その玄関に到達するには、大きな池と日本庭園を横切っていかなくてはならないとのウワサは真実か嘘《うそ》か。それにしても、なんともデカいお屋敷だ。

極道屋敷の向かいに住む人間などいないと思いきや、普通にアパートが何棟も並んでいる。舗装されていない月極《つきぎめ》駐車場には、バンと軽トラックが停まっている。

その月極駐車場内に紛れこみ、一矢は深紅のジャガーから降りた。風が冷たい。雪でも降りそうな雲行きだ。

カシミヤのコートの衿《えり》を立て、門の前をうろついていると、岩城組の若い構成員らが数名出てきた。一矢はサッとバンの陰に身を隠した。隙間から顔を覗かせると、桜井の姿が視界に入った。相変わらず寒そうな色のジャケットを着ている。目当ての九堂は……残念ながら、いない。

構成員らが門の両側に分かれて姿勢を正すと、黒塗りのベンツが三台、屋敷の奥から現れた。

「行ってらっしゃいませ！」

二台目に向かって、全員が九十度に身を折り曲げる。乗っているのは組長らしい。前後をベンツに警備されて、なんとも物々しい外出だ。

ベンツを見送った構成員らが、門の中に引きあげる。一矢は桜井に駆け寄った。気づいて振り向いた桜井が、一矢と知って目を丸くする。そしてとたんに目尻を下げ、舐《な》めるように見回してきた。

「おお、一矢やないか。どないした。お前から会いにくるて珍しいやないか。やっと一発ヤらせる気になったんか。おお？」

誤解の部分は完全に無視して、用件を口にした。

「了司おる？」

「了司？　そら誰のこっちゃ」

「子分の名前ぐらい覚えとけよ。九堂了司。ゆうべ、あんたが連れてきたデカイ男や」

名前と姿が一致したとたん、ああ…と気の抜けたような理解を示し、桜井がそれとわかるほど脱力した。

「アイツやったら、いま組長と出かけよったわ。言うとくけど、アレは俺の子分ちゃうで。組長の弟分や」

その口調には、羨望がわずかに滲《にじ》んでいた。構わず一矢はそこを突いた。

「組長の弟分て、どういうこっちゃ。言うても、まだ二十歳《はたち》やろ？」

訊く声に、白い息がまとわりつく。ジャケットのポケットに両手を突っこみ、桜井が寒さに肩を縮める。夏色のジャケットは、素材もそれなりに薄いようだ。

「その、たった二十のひよっこが、組長のお気に入りやねん。アレは組長が惚れこんで連れてきた男やさかい、俺らとはハナから扱《あつか》いがちゃうねん。俺の上には兄貴がおって、そのまた上にも兄貴がおる。そやけど九堂は、組長ひとりがヤツの兄貴…っちゅうか、親父《おやじ》やな。

ひとつふたつ手柄立てたら、一発で俺らの上に立つわ」

「…そんなん、あんたら腹立たへんの？」

「アレ見てお前、まともに腹立つか？」

いいや、と一矢は首を横に振った。まともにやりあって勝ち目がないのは、素人の一矢でさえ理解できる。九堂は無言の立ち姿の中にも、異様な気迫を秘めている。多少なりとも極道の世界に関わりを持つ人間なら、九堂の度量の察しはつく。

「ほんなら、なんで夕べは桜井さんのうしろにくっついてたん」

「いつか九堂が仕切ることになる街を、じかに見せたれて兄貴に言われて、そんで連れてっただけの話や。刑務所から出てきたばっかしやで、社会勉強させたってくれ、てな」

「それにしては桜井さん、了司の前でえらい息巻いてたよな」

「あれは………まぁ、なんや。その……お前に、ええとこ見せよと思てやな…」

言葉尻を誤魔化《ごまか》して、桜井が視線を泳がせた。照れているらしい。申し訳ないが桜井が照れても、一矢の心はまったく揺れない。

それにしても…と、一矢は新鮮な驚きに酔っていた。

組長が見初めた大男。周囲も納得する器。それだけでも、手なずける価値は充分にある。

一矢はさらに詰めよった。桜井のジャケットの衿を吊りあげて揺さぶる。

「なあ桜井さん、了司、何時ごろ帰ってくんの？」

「知るか」

「冷たいこと言わんと教えて。な？」

衿を直してやり、肩を抱くようにして目を覗きこむと、桜井が頬骨のあたりを赤く染めた。しゃーないなぁ…と文句を零《こぼ》しつつも、一矢からの積極的な接触が効いたようで、知りたい情報を素直に吐いた。

「組長は、六時に広島の大藪会の総裁さんと約束あんねん。大藪会っちゅうのは、岩城の元締めなんやけどな。そこで、こんなん出ましたーいうて了司を紹介するらしいわ。で、そのあと会食やて聞いとるけどな。まぁ、夜遅うにはヤサへ戻るんちゃうか？」

「了司のヤサ、どこ？　教えて」

畳みかけるように食いつくと、それとわかるほど桜井が顔を歪めた。

「お前、俺に会いに来たん違《ちご》たんか」

「そんなこと誰が言うた？」

「……この先の、突き当たりを右に曲がった左手の、東荘《あずま》いうアパートや」

「おおきに！」

一矢は桜井の肩をポンと叩くと、コートの裾を翻し、来た道を早足で戻った。桜井はまだ名残《なごり》惜しそうに門の前に突っ立っているが、九堂の住居さえ聞きだせば、もう三下《さんした》に用はない。

ジャガーに戻ると、一矢は喜々《きき》としてキイをひねり、エンジンを噴かした。今日は早番で仕事を終わらせ、深夜にはヤツのアパートに……九堂の部屋に押しかける。そして……。

夕べ見た九堂の手を脳裏に思い描いたとたん、ゾクンッと背筋に電流が走った。

暖房の効き始めた車内で、一矢は股間に手を延ばした。

鮮やかなパープルのスキニーパンツの下では、ビキニブリーフが突然増した容積に堪え兼ね、早くも悲鳴をあげている。

一矢は唇を舐めながらファスナーを下ろし、膨らんだソコを解放した。わずかな容量しか覆えないブリーフの薄いシルク越しに、先端を指の腹でこすると、わずかに染みが付着した。

「了司……」

呟《つぶや》きながら、誰も来ないのをミラーで素早く確認し、一矢はビキニを陰嚢《いんのう》の下まで降ろし、弾ける寸前にまで肥大したペニスを剥きだしにして手早く扱《しご》いた。

「ふっ、ふ……ぅっ」

シートを倒し、背中を預け、足を広げて腰を突きだす。サイドボックスからティッシュを数枚引き抜いて、爆発寸前のペニスを覆う。

「あ、ああ、あ…っ」

首筋が攣《つ》る。腰骨がガクガクと前後する。体の内側が収縮し、その一点に血が溜《た》まる。

あの手で……九堂の獰猛な手で、もぎ取られるほど扱かれたい――。

「あああああ、あ……！」

昨夜の九堂を瞼《まぶた》に映し、一矢はひとり、精を放った。


車内で待つこと、一時間少々。

深夜一時半を少し回って、九堂が徒歩で帰ってきた。

バックミラーが黒いスーツの長身を映した瞬間、一矢は反射的にジャガーから飛びだした。

九堂が足を止める。叩き閉めたジャガーのドアに凭れ、一矢はヒラヒラと右手を振った。

暗闇の待ち人が一矢と知って、九堂が再び歩を進める。

「お勤めご苦労さん。組長さんと出かけてたんやて？　将来有望やなぁ」

視線と返事を期待したが、九堂は微塵《みじん》もこちらに意識を向けてくれない。

痺《しび》れを切らし、一矢は九堂の前に回りこんだ。足すら止めてくれない九堂のせいで、うしろ向きでの歩行を余儀なくされるが、それでも一矢は九堂から目を離さずに話しかけた。

「店ハケてから、ずっとお前のこと待ってたんや。なぁ了司、腹減ってへん？　酒とつまみ持ってきたから、ふたりで呑も。な？」

うしろ向きのまま路肩の段差をこなし、二階建てアパート一階の一番手前、合板製の安っぽいドアにドン、と自ら背をぶつけ、いまだ目を合わせてくれない男の顔を覗きこんだ。

通路の壁でチカチカと瞬いている古ぼけた常夜灯が、迷惑極まりないといった九堂の横顔を時折照らし、一矢の焦燥を煽《あお》りたてる。だが一矢は、動かぬ意志を目で訴えた。シュプールのキングが一時間以上も待ったのだ。いまさら引き下がれるはずがない。

「どけ」

ようやく九堂が口を開いた。想像どおりの反応を、一矢は全力で笑い飛ばした。

「お前なぁ、年上はもっと敬《うやま》えよ」

九堂の眼球がグルリと動き、一矢を見下ろす。この冷酷さ。ゾクゾクする。

「丁寧に扱《あつこ》て欲しかったら、礼儀をわきまえたらどや」

「時間のことか？　しゃあないやろ。俺の仕事は夜中にならんと終わらへんねん」

呆《あき》れ顔で九堂が上着のポケットから鍵を出し、鍵穴に差しこむ。ガチャンと冷たい音をたてて施錠が外れ、勢いよくドアが開かれる。

「うわっ」

ドアに体重を預けていた一矢は、思いきりはじき飛ばされてしまった。それでも足を踏ん張って身を反転させ、九堂の腕にしがみつき、ドアの隙間に身をこじ入れる。

九堂が眉を顰《ひそ》める。一矢がここまで執拗《しつよう》になる理由が、わからないようだ。

一矢とて自分の行動が理解できない。今夜はただ、共に酔い、少しばかり心を通わせ、身を交えられればしめたもの。それだけの計画の筈《はず》だった。なのに九堂の、人を突き放したようなあの双眸《そうぼう》を見た瞬間、理性が飛んでしまったのだ。プライドも消えた。どうあっても九堂を振り向かせなくては気がすまないと思うほどに。

一秒ごとに、九堂に取り憑《つ》かれてゆく。この大男に組み敷かれる運命を望んでしまう。

「われ、どういうつもりや」

九堂に睨《にら》まれ、一矢は強気で詰め寄った。

「お前こそ、どういうつもりや。なんでそない冷たいねん」

「冷たい？」

「そや。お前、ずっと俺を無視……やのうて、避けとるやろ。眉間にシワ寄せて、俺のこと鬱陶しがっとるやないか」

「…これが普通じゃ」

「嘘つけ！　はじめに俺の顔見たとき、めっちゃ驚いた顔したよな？　あんときみたいに、もっと俺を見ィや。気にせぇや。興味持てや！　…自慢っちゃうけど、俺モテんねん。女にも男にも、めちゃめちゃモテてんねん！　そやのにお前は、俺のどこが気にいらんのや！」

「顔じゃ」

「は…――」

断言されて一気に脱力した。やっと会話らしくなってきたと思えば、コレだ。だがその反動で、絶対に認めさせてやるという強い信念が湧いてくる。

一矢は九堂の前に回りこみ、体を寄せて覗きこみ、自分が最も魅力的に見える角度で九堂の視界に割りこんだ。

「この顔キライか？　結構ええ値段すんねんで？　俺のキス、一回なんぼやと思う？　十万やで？　女の子らなんか、俺に見られただけでイッてまう～てチビるんやで？　お前も一遍試してみたらええわ」

「試す…？」

九堂の眼が、かすかに嗜虐《しぎゃく》の光を放った。

やっと掛かった。やっと九堂が靡《なび》いてくれた。

一矢は九堂にしがみついた。下身を九堂の腿に密着させ、硬く変化したものを擦《こす》りつけながら全身で媚びた。

「この顔と体、了司の好きにしてええよ――――て言うたら、どうする？」

「あ、お…ぉ、お……ぁっ！」

ギイ、ギイ、と骨が軋《きし》む。かつてないほど骨盤を開かされ、いまにも骨が砕けそうだ。

「あ――――…い、痛い、りょう、じ……っ」

一矢は畳を掻《か》き毟《むし》り、ガクガクと顎を震わせた。両足首を捕まれ、俯《うつぶ》せの体を強引に仰向《あおむ》けに返されて、九堂の陰茎を咥《くわ》えたままの排泄《はいせつ》器官が、激しくねじれて悲鳴をあげる。

プツ、プツ、と肉が弾け、血が湧いてくる。そこを素早く擦りたてられ、一矢は弓なりに仰《の》け反《ぞ》った。

「ひいいいいいい、いい…ぃっ」

身の毛もよだつ、この歓喜。唾液が溢《あふ》れて止まらない。九堂のペニスが一矢の背骨になり代わる。一矢の芯になった巨大な陰茎が、大きく脈打つ。そのたびに、一矢の器官も収縮運動を繰り返すのだ。まるで九堂の陰茎を咀嚼《そしゃく》するかのような、淫猥《いんわい》なリズムで。

「んふ、ん……ふ、ふぅ……んっ」

嬌声《きょうせい》が、まるで他人の声のように頭蓋《ずがい》に響く。

まるで、自分ではないようだった。鼻にかかった声で啼《な》く自分が、信じられなかった。

抱く側であれ、抱かれる側であれ、つねに一矢はベッドの中で主導権を確保していた。この非の打ち所のない完璧な肉体の虜《とりこ》にしてやるのがなにより愉快で、また、そうすることが自分のアイデンティティのはずだった。それなのに、押しこまれただけで、このザマだ。

寝具すら用意されず、いきなり畳に突き倒されて裸に剥かれ、前戯など一切なく、ただ尻だけを犯されて。尻の穴以外、九堂には不要。プライドもなにも、あったものではない。

焼けた古い畳に這《は》いつくばり、惨めにのたうち、涎《よだれ》と精液を垂れ流している不様さ。それでも抵抗できずにいる。突き入れられた瞬間に、身体どころか心も完全に屈していたから。

「あ、あぁ、あああ、おぉ、お…っ」

快感が喉《のど》を押しあげ、口から溢れる。声を出して自分の意識をいちいち確認しなければ、まるで正気が保てない。歯を食いしばって耐えられるほど、九堂の陰茎は穏やかじゃない。

それどころか……。

「了司…っ、われ、チンチンに、一体なにを、仕込んでんねん…、アッ！」

一矢はビクンッと空を蹴った。直後、パンパンに腫れあがった先端から、濁った体液がビュルッと飛んだ。開きっぱなしの尿道から、ダラダラと濃い精液が漏れてくる。途絶えることのない快感の疼《うず》きに襲われて、一矢の言葉も途切れがちになる。

いままで触れられたことのないような位置にまで届く九堂の雄々しいペニスのせいで、神経が過剰に反応し、やたらと疼き、無制限に快感が流れだしてゆく。頼むから、もう一気にイッて終わりたい。お願いだから解放してほしい。体力的にも精神的にも、もう限界を超えているのだ。

身体が九堂に戸惑っている。全身の隆起が、神経の勃起が止まらない！

「んあぁっ」

足首をつかまれ、左右に割られ、身を半分に折り曲げられた。真上から全体重を浴びせられ、身体ごと腰をぶつけられた。一矢のペニスが歓喜に震え、またしても爆発する。

「ひいぃぃ…っ！」

イボのような硬い異物が、一矢の内側を何度も抉《えぐ》る。ひとつではない、ふたつ…いや、三つ。…違う、片手では足りない数だ。一矢は九堂の腕をつかみ、呼吸を乱して訊いた。

「し、真珠、埋めてんのか…っ」

「生まれたまんまじゃ」

ぶっきらぼうな答えが、なお恐ろしい。手を加えずにこの形状と量感とは、恐れ入る。

「了司、わ…われ、ゴーヤ、知っとる、か…っ」

「…なにが言いたい」

「いや、別に、ええわ…、あ、おぉ…うおおぉっ」

膀胱《ぼうこう》の裏側を、大粒のイボたちが刺激する。尿意を催し、寸でのところで持ちこたえた。

一矢の顔を挟みつける位置に手を突いた九堂が、勢いよく腰を前後させる。内臓をすべて持っていかれそうで、一矢は九堂が引くたび絶命の恐怖に脅かされた。

ドンッ、ドンッ、と体を叩きつけられながら、生理的な反応で潤む目を九堂に注いだ。

「あかん…、ケツ壊れる！　頼む、もう……もう抜いてくれっ！」

懸命に懇願し、厚い胸に腕を突っ張らせた。ズル…と巨大な肉の棒が抜かれたとたん、腸壁が一気に収縮した。肉体の急変に耐えきれず、あ、あ、あ…と大きく身を引き攣らせた一矢は、それでもなんとか腕を伸ばして九堂の異物を握りこんだ。

刹那、全身がザッと粟立った。

異様な太さと硬さと重量。ゴツゴツした不気味な形状。尋常ではない大きさ。これは本当に人間の陰茎なのだろうかと、何度も息を呑んだ一矢は、ついにそれを直視した。

視線も意識も、一瞬で釘付けになった。

黒々と肥大した、筋肉の塊に。

一矢の両手から大きくはみだし、生き物のように脈を刻む男根は、何本もの太い血管が縦横無尽に巻きつき、ごつごつと盛りあがっていた。

真珠かと疑った無数の突起物の正体は、太すぎる血管から生じた血の塊だったのだ。

こんなグロテスクな男根は初めて見る。あまりにも非現実的なサイズ、あまりにも暴力的、あまりにもおぞましい外観！

ジュ…ッと、一矢の尿道を体液が駆けあがった。怯えてしまった心に反して、肉体は感動に打ち震えている。同時に心も、淫らな期待で膨らみはじめる。異様な存在感を放つこの物体が体の中に入っていたと思うだけで内臓が痙攣《けいれん》し、震え、いまにも失禁しそうだった。

「ひ……」

吐きそうだ。おぞましいからではない。見ただけで欲情が抑えられないのだ。こんな、とてつもなく醜いものが、実際に人間の体の一部だとは。

「ジロジロ見んなや。眺めるより、味わうたほうが良さがわかるで」

もっともな意見をくれて、またもや九堂がのしかかってきた。一矢は無意識に腰を退いていた。体が怯える。心が竦む。

だが九堂は遠慮も躊躇もしないのだ。その凶暴な逸物《いちもつ》を、一矢の穴に力ずくで押しこんでしまった。

「ひ……──‼」

手足をばたつかせ、一矢は九堂にしがみついた。狂ったように締めつけていた。

怖い。えげつない。おぞましい！　それなのに膨大な歓喜が渦巻いて、いま見たアレが自分の中に入っていることに興奮して、あのごつごつした血管が自分の粘膜を掘り進む様を思うだけで心臓が跳ねて、動悸が勝手に暴走する！

「あぁ、あぁ、あぁ……っ！」

体が歪む。おかしくなる！

異形の杭が行き来するたび、肉壁が歪み、押しあげられ、気道を塞がれ、窒息しかける。脳に酸素が届かない。視界が霞み、白く発光し、恍惚となる。

「堪忍して……堪忍してぇや、了司、許して、もう勘弁してくれぇ……っ」

不様な懇願が口から溢れる。なのに九堂は聞き入れてくれず、無心に出し入れを繰り返すばかりだ。一矢を喜ばせようという気概も、解放してやろうという情けも、その動きからは感じられない。

せめてもの抵抗に、一矢は九堂の肩に爪を立てた。だが硬すぎる筋肉は、どんなに指を食いこませようとしても、簡単に一矢を弾《はじ》き返す。そうして踏ん張っている間にも九堂は一時も休むことなく、あのグロテスクな肉塊を押しこんでは引きずりだすのだ。

「われの持久力は、馬並みか…」

手加減してくれない九堂に恨み言を吐き、その強靭《きょうじん》な首に両腕を巻きつけた。九堂の肩に顔を埋めたとき、一矢は初めて、それの存在に気がついた。

肉厚な肩から背中にかけて描かれている、黒い線描《せんびょう》。

彫りものを入れるつもりらしい。あたりだけが、つけられている。どんな図柄になるとしても、九堂の凶暴な肉体に、刺青《いれずみ》はよく映えるだろう。これだけ立派な体格だ。彫るほうも腕が鳴るに違いない。

「極道の卵なんやな……了司は」

慈しみを込めて呟き、その愛《いと》しい肩に唇を押しつけた。

どれほど獰猛で冷静であろうと、九堂は弱冠二十歳の若者だ。サナギが蝶《ちょう》になる過程にいるのだ。九堂はこれから漢《おとこ》になるのだ。

この男は、まだ完成していない。言うなれば未完の獣《ケダモノ》だ。そう思うだけで愛しさが湧きあがる。無性に九堂が愛おしくなる。

「了司……好きや、了司…っ」

巨大な陰茎にこすられて内側が充血する。ビリビリして熱い。熱くて溶けそうだ。

「あかんわ…了司、もうあかん、早《は》よイッてくれ、早よぉ…っ！」

最後は悲鳴になっていた。一矢は喉を掻きむしり、仰け反った。

ペニスが爆発したかと思った。

陰嚢ごと砕け散り、肉片になったかと恐怖した。

「おぉ、おぉぉ……お…っ」

痙攣を繰り返す体に、なおも大量の衝撃を浴びせられ、反射的に肛門《こうもん》が縮みあがる。一矢の体内で九堂の体液が逆流し、渦を巻く。

九堂に巻きつけていた腕が外れ、畳に落ちた。ハッとして、一矢は意識を持ち直した。気絶寸前だった自身と懸命に戦い、九堂との現実に戻ろうとした。それなのに、指や唇、神経に臓腑《ぞうふ》、ありとあらゆる部位の痙攣が、まだ止まらない。凄《すさ》まじいとしか言い様がない。

視神経をも震わせたまま、一矢は九堂を視界に捕らえた。眉ひとつ動かさない九堂が、一矢を瀕死《ひんし》の状態にまで追いこんだ原因を引きずりだす。

「ひ……!」

一矢の粘膜をゴリッゴリッと抉りながら、量感のあるそれが抜けてゆく。身の毛もよだつおぞましさと、とてつもない恍惚感《こうこつかん》が交互に生じて切なさが増した。なんと醜く、なんと愛おしいのだろう。一矢はまたしても体液を噴きあげた。

余韻に打ち震える時間もくれず、九堂が一矢の髪をつかみ、乱暴に起こし、残酷に命じる。

「口で拭えや」

いやや…と拒むと顎を捕まれ、無理やり口を開かされた。いまだ衰えぬ驚異的な陰茎を押しつけられ、肉の塊を含まされた。喉を押され、嘔吐《おうと》しかけ、迫《せ》りあがる胃液を必死で我慢し、いまのいままで自分の肛門にずっぷりと深く填《はま》りこんでいた男根を、自分で清めさせられた。

こんな方法で処理させる残酷さまでも、愛しい。九堂了司のなにもかもが、愛しい。

いつしか一矢は、喜んで吸いついていた。いい働きをしてくれたそれに、夢中になって舌を押しつけていた。張りだしたエラの裏にも舌先を這わせ、濃い精液が滲んでいる先端に唇を押し当て、ちゅうちゅうと音を立てて吸った。

吸いながら、濃い陰毛ごしに九堂を見あげた。媚びるような、縋《すが》るような、甘えるような視線を捧げている自分に驚く。この男に必要とされるためなら、どれだけでも自分を貶《おとし》められるのだと知って、精神的な変化に、また股間が昂《たか》ぶった。

まるで美加だ。一矢を独占するために何百万円も支払う、あのバカ女とそっくりだ。

だが、いまなら美加の気持ちがわかる。手に入れたいのだ、なんとしても。高貴なプライドをドブに捨てても、このとてつもない存在に欲されることを一心に望んでしまうのだ。

陰茎の先をしゃぶりながら、一矢は九堂に微笑を捧げた。従順さを示したつもりだったのに、なぜか九堂は目尻を引き攣らせている。そして突然「もうええ」と、一矢を突き飛ばしたのだ。

「了司…？」

問いかけたが、反応はない。ただ、九堂の横顔には苦悩が浮いていた。憎んでいるのか悲しんでいるのか、わからない。

ただ得体の知れない負の感情が、その全身に漂っていた。


九堂のセックスは、想像以上だった。いや、想像を絶していた。凄《すさ》まじい性行為……ここまできたらＳＭの領域だ。

臓物を引きずりだされるかのような恐怖など、生まれて初めての経験だった。男根一本であれだけの迫力だ。もしも九堂が本気になったら……全霊をかけて一矢を愛してくれたなら、どれほど膨大な歓《よろこ》びを体感できるのだろう。

考えただけで勃起する――――。

「りょ…」

リョウジ…と発しかけた声を慌てて呑みこみ、一矢は充分に溜めた体液を放出した。アァン…と、美加が鼻にかかった声を漏らす。一矢を締めつけている美加の柔らかな粘膜が痙攣し、スキン越しの射精に呼応する。

「一矢くん……めっちゃ好き」

ホゥ…と吐息を漏らして、美加が恥じらう。一矢は無言で微笑み返した。

生温《なまぬる》いヴァギナ。生温いセックス。痛くも痒《かゆ》くもない、つまらない作業。女との性交は、どうしようもなく退屈だ。ミスれば妊娠させてしまうし、楽しいことなど何ひとつない。

「一矢くん、今日はお店で上の空やったし、美加のこと飽きたんかなーて……うち、ちょっと淋しかってん。そやけどマンションまで送ってくれたやろ？ あーやっぱり一矢くん優しいなーて思てん。それでな、週末えべっさんやし、一矢くんと一緒に行きたいなぁて……」

美加の話が頭の中に入ってこない。今夜は美加に、店で三百五十万ほどを落とさせた。そのお礼に…と部屋まで送り、欲求を満たしてやった。きちんと義務を果たしたのだから、もう解放されてもいいはずだ。もう戻ってもいいはずだ。……九堂の元へ。

「もう行くん？」

さっさとベッドを降りた一矢の背中に、美加が縋る。「朝まで一緒におって」と、まるで恋人のように図々《ずうずう》しいセリフを口にして。

以前は、これが楽しみだった。「帰らんといて」と女に泣かれるのが勲章だった。女を夢中にさせることが、ホストの醍醐味《だいごみ》だと信じていた。だが今は……。

一矢は美加の手を外し、戻した。黙って腰をあげ、手早く身支度を整える。拒絶の気配を感じたのだろう、美加がポツリと小声を漏らした。

「……美加のこと、もう嫌いになった？」

面倒くさいと思いつつも、一矢はジャケットに腕を通し、背を向けたまま肩を揺らした。

「そんなことないよ。おかしなこと言うなぁ、美加ちゃん」

嫌いになるわけがない。好きになってもいないのだから。

「一回店に戻らなあかんだけや。美加ちゃんも知っとるやろ？　ウチに出入りしとるヤクザ。アレがまたイチャモンつけてきよったんや。夜中にウチくる言うてたから、俺がおらんとワヤされてまう」

「そうなん？　ほな、しゃーないけど……一矢くん、気ィつけてな。ヤーさん怒らしたら、ロクなことあらへんし…」

まだなにかセリフを探して、一分でも長く引き止めようとする美加が煩《わずら》わしい。一矢は美加に顔を近づけ、頬にキスをした。美加がときめいてくれた隙に、さっさと笑顔で突き放す。

「ほなまた店に遊びに来てな。おやすみ」

明るく言ってコートをつかみ、身を翻し、一矢は部屋を飛びだした。

マンションの外は寒いだろうか。だがコートに腕を通す時間すら惜しい。急ぐ一矢の靴音がマンションの通路に響き渡る。エレベーターを待ち切れず、一矢は非常階段を駆け降りた。

凍《い》てつく夜風も気にならない。駐車場に走り、ジャガーに飛び乗り、興奮で手を震わせながらキイを回し、エンジンがかかると同時にアクセルを踏んで発進した。

信号は赤。関係ない。一秒でも早く九堂に触れたい！

「了司、了司、いま行くで。待っててや、了司…っ」

名を呟くだけで下半身が疼く。了司を想《おも》うだけで喉が渇き、臓器が震える。あの濃厚な精液を、意識が尽きるまで浴びせてほしい。

「あかん……指震えてまう」

ははっ…と一矢は笑った。ハンドルがうまく握れない。早く九堂に塗《まみ》れたい。

「了司のこと考えるだけで、頭おかしなるわ」

一矢の神経が九堂に餓える。この体が麻痺《まひ》するほど、乱暴に抱かれたい。口から溢れるほど穿《うが》たれたくて、押しこまれたくて、欲しくて欲しくて気が狂う！

「了司、了司、了司……！」

タイヤを軋ませ、エンジンを轟《とどろ》かせ、深紅のジャガーを走らせた。


「了司、俺や、一矢や。開けて」

遠慮がちに、小声でドアをノックする。応答はない。立てつけの悪いドアの隙間からも、部屋の明かりは漏れていない。留守なのか就寝中なのか。だが一矢には、ここより他に九堂と落ちあう場所がない。

イライラと爪を噛《か》み、ドンッとドアを蹴った。午前三時だ。近所迷惑は承知している。だがこの部屋の住人は暴力団員だ。文句をつける度胸など、誰にもない。

「なぁ了司、外、ごっつう寒いねん。居《い》てるんやろ？　早よ入れて」

ドンドン、ドンドン、と拳で叩く。ガチャガチャとせわしなくノブを揺さぶる。

「了司、おらんのか。返事せぇよ。起きとるやろ？　なぁ、ここ開けて。なぁ…」

開かない。開けてくれない。この古びたドア一枚に、凶暴な憎悪が湧きあがる。

「このドア叩き壊《こわ》すぞ、オラァ！」

肩でぶつかり、何度も蹴り、最後にはドアにへばりついて涙さえ流す始末だ。

「なぁ了司、頼むわ。中に入れて。なぁ……挿《い》れてぇや、了司。俺の中に、お前を挿れて。昨日みたいに、あっついの挿れて。そのごっついやつ、中に挿れて。なぁ了司…っ」

会いたくて会いたくて、我慢できなくて怒りが噴きだす。一矢はドアを掻きむしった。

「早よ開けぇや！　シカトこくな、ボケッ！」

ほどなくして、荒々しい足音が室内で鳴った。同時に、ドアの隙間に明かりが射《さ》す。一矢の鼓動がとたんに高鳴る。

乱暴な音をたてて施錠が外れた。その瞬間、一矢はドアを剥《は》がす勢いで開け、身を割りこませた。夢中になって腕を伸ばし、逞《たくま》しい首にしがみついた。それだけで……この手が九堂に触れただけで、膨大な安心感が吹き荒れ、涙すら湧いた。

「なんやもう……いてるやん、了司。そんならもっと早よ開けてぇや。ひどいやんか」

「われ、いま何時や思とるんじゃ」

「何時でもええやん。ヤクザが常識、振りかざすなや」

憮然《ぶぜん》と睨みおろしてくる顔を両手で挟み、不機嫌の形に歪んだ唇に嚙みついた。顔ごと押しつけ、舌を探して夢中で吸い、ジャケットを脱ぎ捨て、ベルトを外し、下を晒《さら》した。

「触《いろ》て、了司。俺の体、よおけ触て」

九堂の手を探って引き寄せ、勃起しているペニスを握らせた。九堂の大きな掌《てのひら》は、一矢のペニスをすっぽりと隠してしまう。

「あぁ…っ」

包みこまれて、身体が跳ねた。同時にうしろが収縮運動を開始する。一矢は九堂に抱きついて、太腿に股間を擦りつけた。

室内は暖房器具すらないというのに、九堂はトランクスとランニングシャツをパジャマ代わりにして眠っていたらしい。九堂の硬い皮膚が、強《こわ》い体毛が、じかに襞《ひだ》を刺激して、一矢を恍惚とさせてくれる。

「なぁ了司、俺な、今日はな、ちゃんと浣腸《かんちょう》してきたんやで？　キレイな穴で、お前に楽しんでもらおおと思て…」

説明している先から、興奮で息が上がる。九堂は今夜も残酷なほど冷静なのに、自分だけが肌を熱くし、はち切れんばかりに心臓を躍らせている。それだけが悔しい。

「われ、色情狂か。おお?」

そんなセリフで嬲《なぶ》られることとさえ、一矢には至福だ。

腰を淫らに振りながら、九堂のトランクスに手を入れた。濃い陰毛を掻き分けて、鎮《しず》まっていても重量のある肉の塊を取りだし、息を荒くして懸命に扱いた。

「お前も早よ、コレ勃《た》たせてくれよ。ふたりでエエことしよ。温まろ。そやから早よ抱いてくれ。挿れてくれ。なぁ了司！」

忌々しげに溜息をつき、九堂が一矢を脇に押しやる。ドアノブに腕を伸ばしたかと思うと、バンッと閉めた。

そう言えば、閉めるのを忘れていた。なぜなら、どうでもいいことだから。

もし誰かに見られていたとしても構わない。九堂が抱いてくれさえすれば。

一矢は急いで靴を脱ぎ捨て、九堂の胸に飛びこんだ。ランニングシャツを脱がせると、目が眩《くら》むような胸筋が現れた。見た瞬間に、股間が勝手に暴発した。恥ずかしい体液をボタボタと畳に落としながら、九堂の乳首にむしゃぶりついた。

「了司、了司、もう…たまらん！　我慢できん！　了司っ！」

九堂の温もりの残る布団に、九堂もろとも倒れこむ。身を伏せて、すこぶる存在感の逸物を口に含むと、やっと一矢が恋焦がれていた形状に変化してくれた。感極まって涙が溢れる。

どうしてだろう。なぜこれほど九堂に餓えるのだろう。異常だと思う、自分でも。

だが解明する必要は感じない。九堂と繋がりたい。望みは、たったそれだけだ。

急いで九堂の下腹に跨《また》がり、黒々とした肉棒の先端を自分の襞に押し当てた。窄《すぼ》んでいる襞を指でめくり、迷いなく真下に腰を落とした。

「あ――――‼」

世界が白く発光した。

脳天に衝撃が走った。

全身が放電した。

パクパクと空気を欲する口の端から、唾液が滴る。

「あ……、ああ……、ああ……りょ…う、じ…っ」

陰嚢に熱が生じる。たちまち精液が溜まっていく。尿道が広がり、液体が先端へと押しあげられ、プクン…と真珠色の雫《しずく》を浮かせる。茎を伝ってトロリと一筋流れたあとはもう、勢いよく放つしかなかった。

「あうっ、ううっ、うぁ――――‼」

弾けると同時に腸壁が収縮し、九堂のものに密着した。一矢は何度も生唾を呑んだ。骨盤が勝手に開く。一矢の体が、九堂を受け入れるための器と成り果てる。さらに九堂が、ググ…と奥まで潜りこむ。

「目ぇ眩《くら》むわ…っ」

喉を引き攣らせて笑いながら、一矢は再び噴きあげた。

昨日知ったばかりの特殊な性戯が、一日中頭から離れなかったのだ。

九堂の身体を知ってから、一秒として正気ではいられなくなってしまったのだ。

ミラーボールの煌《きら》めく世界でスーツに身を包み、金づるの女たちを喜ばせていても、常に脳裏では昨晩の九堂との時間を思い起こして、一矢は体を火照らせていた。

ショッキングすぎた九堂との性行為に、感覚が麻痺してしまったようだ。なにをしていても九堂の視線が、声が、肉体が、あのグロテスクな陰茎が脳裏をチラつき、落ちつかない。鬢が熱を持ち、膨張し、疼き、勝手に充血して硬くなる。

女の相手をしている最中でありながら、今夜の一矢は何度もレストルームに駆けこんだ。だが、それには訳があった。九堂を想像するだけで、見境なく勃起してしまうからだった。機能が壊れてしまったのかと不安になるほど、トイレで自慰に耽《ふけ》った自分に呆れる。

いま一矢の隣では、横になった九堂が頬杖を突いて一矢の顔を凝視している。舐めるように、顔ばかりを見つめてくる。会ったときからそうだった。九堂が興味を示してくれるのは、あとにも先にも、この顔だけ。

すれ違いどころか、行き違いだ。二日続けてセックスしているのに、心がまったく噛みあわない。相手は顔しか見ないのだから。

布団に投げだされている九堂の両手を持ちあげ、自身の胸へと導いてみた。ジムで鍛えたこの胸筋も、九堂には遠く及ばない。だが、男にしてはやや大ぶりな乳首には自信がある。九堂を楽しませるという自信が。

「これ、俺の自慢やねん。女の乳首みたいやろ？　よぉ言われんねん。いやらしい形やて。見るだけで勃ってまうて。……吸うてもええねんで？　了司。俺の乳、吸うて。もっと俺の身体に興味持てや。な？　了司」

一矢がどんなに懇願しても、九堂の表情は変わらない。それでも一矢は精一杯微笑んだ。やにわに九堂が起きあがり、一矢を跨ぐ。そして、その大きな手を一矢の両脇に差し入れ、両の親指を乳首に添え、ゆるゆると潰すように愛撫してくれた。そう、愛撫だ。初めての。

「了司……っ」

一矢は目を瞠《みは》った。驚きと歓びが一気に弾けた。

初めて九堂が自らの意思で、一矢を嬲ってくれたのだから。

「ええわ…了司、めっちゃええ…っ」

ゾクゾクするほどの快感が全身を駆け巡り、刺激が股間にまで伝わる。一矢は悲鳴を上げながら射精した。その反動で襞が窄む。逆に乳首が腫れあがる。こんなにも体が喜んでいる。我慢できない歓びが、嬌声になって迸《ほとばし》る。そんな一矢の顔を、九堂が黙って見つめている。

「了司、了司、了司ッ！」

懸命に一矢は九堂を呼んだ。もしかしたら、返してくれるのではないかと思ったのだ。気持ちを。言葉を。温もりを。

愛《め》でてくれる九堂が愛しい。それ以上に、他人の喜ばせ方を知っていた九堂に安堵《あんど》する。

「ああ……了司、好きや、好きや、お前が好きや…っ」

太くて硬い指で、グリッ、グリッと反動をつけ、乳首を揉まれ、嬲られながら、一矢は待った。九堂の言葉を。一矢と呼んでくれる声を。

「あぁ……っ」

この行為を記憶に焼きつけるために、一矢は自分の胸を見つめた。乳首が赤く染まっている。幸せに満ちて膨らんでいる。九堂了司に愛されて、こんなにも勃っている。視覚が悦《よろこ》びを増幅する。

貫かれ、一矢は腰を揺らし続けた。胸を差しだし、自分のペニスに指を巻きつけ、ドクンドクンと脈を打つ九堂の逸物に恍惚となりながら、渦巻く快感を貪った。

溶ける……と本気で震撼《しんかん》した。このままドロドロに溶解し、液体になってしまいそうだ。もっと欲しい。九堂が欲しい。九堂を想うだけで変になる。九堂なしでは気が狂う。九堂がいるから気が狂う。なにをしていても、もうだめだ。九堂了司を知ったからには、この狂気が一矢の生涯だ。

乳首を嬲る手が離れた。一矢はとっさにその手を追いかけ、両手で抱えて懇願した。

「呼んで………了司。俺の名前」

抱えた腕の、その指先に何度も唇を押しつけながら訴えた。指の間を舐《な》め回し、爪の際《きわ》に舌を這わせた。

「まだ一遍も俺の名前呼んでへんやん。呼んで、一矢て。呼びながら俺の乳、触《いろ》て。呼びながら突いて。もっと俺と関わろうとして。な？　了司」

こんなにも低姿勢で頼んでいるのに、九堂は無言で一矢の顔を眺めるばかりだ。

「この顔……そうも気に入ったんか？」

訊いても答えは返ってこない。その目には、確かに一矢の顔が映っているのに。九堂は一体、一矢を通してなにを……誰を見ているのだろう。

こんなにも深いところまで貫いてくれながら、九堂の存在が、やたらに遠い。

「なぁ了司。俺が誰か、わかっとるよな？」

「……どういう意味や」

「俺のこと見えてる？　て訊いとんねん」

「意味不明じゃ」

冷たいセリフで突き放され、一矢は黙って首を横に振った。意味がわからないのではない。考えようとしないのだ、九堂は。なぜなら一矢に興味がないから。

「……そやけど俺は、もう、お前しか見えへんねん」

ぽつりと零し、自嘲した。ひとつになれないことくらい、わかっている。心を奪えないことくらい覚悟している。それなのに期待してしまうのだ。九堂がこの顔を見てくれるから。

おもむろに九堂が上体を起こした。体を入れ替え、一矢を畳に降ろす。一旦引き抜き、俯せに返して腰を引きあげ、うしろから一気に押しこんできた。

「お……ぉ……っ」

獣の姿勢の性交に、反動で声が押しだされる。

深すぎて、膝が浮く。体全体が浮いてしまう！　一矢は懸命に膝を開き、腰を突きだし、敷き布団をつかんで自身の体を固定した。

「うおぉ……おぉ……お……ぉっ」

驚愕《きょうがく》で、目を閉じることも敵わない。腸《ちょう》が歪む。胃が潰れる。骨盤が砕ける！　懸命に布団にしがみつき、体の中身をぐちゃぐちゃにされる恐怖と戦った。

「腸、破れてまう……っ」

一矢の体内で、ますます九堂が強さを増す。確実に容積を増し、硬さを増し、射精のタイミングを狙っている。

「呼んで……了司、俺を呼んで…っ」

こんなにも九堂を感じているのに、心だけがつかめない。敢《あ》えて一矢の顔が見えない体位に持ちこんで、心を閉ざす九堂が憎い。

「お前……酷《ひど》い。酷い男や。少しは情けをかけてくれよ。呼んでくれよ、なぁ……了司」

「便器に名前つけるアホがどこにおる」

ごつごつした肉の塊を前後に揺らし続けた末、とうとう九堂は最後まで一度も名を呼んでくれず、一矢の中にぶちまけた。

「お……、あ……ぁっ」

出された瞬間、一矢の中が波打った。

その余波も治まらないうちに、乱暴に突き飛ばされ、強制的に身を分かたれていた。

九堂が黙って風呂場に消える。一矢ひとりが、いまだに手足を痙攣させたまま、精液まみれの布団の上に取り残されていた。

「ち……く、しょ、お…っ」

震えながら歯を食いしばり、一矢は呪詛《じゅそ》を絞りだした。

惨めすぎる。悔しすぎる。自分がここまで貶められることに、どうしても納得がいかない。

嗚咽《おえつ》が込みあげ、図らずも体を震わせたとたん、性交の影響で絞まりが悪くなった肛門から気泡が噴出した。

「あ……っ！」

突然の失態に、慌てて一矢は手を宛《あて》がった。だが一旦開いてしまった穴からは、九堂の吐いた濃厚な粘液が勢いよく噴きだしてしまう。

一矢は布団に膝立ちになり、懸命に両手で押さえようとした。せめて拭おうとティッシュに手を伸ばしたものの、動いたせいで下腹部に九堂の挿入感が蘇り、あっというまに勃起し、直後に射精までしてしまった。

「どないなってんのや、俺の体…っ」

自分の体さえコントロール不能になるほどの、むごい仕打ちに涙が溢れる。愛があれば、きっと許せる。幸福感に酔いしれもする。だが九堂にとって、これはただの排泄行為なのだ。それでも一矢の心身は、九堂の影響を受けている。これほどまでに、強烈に。

この悔しさを九堂にぶつけたとしても、一矢の望む結果は得られない。さらなる孤独に打ちひしがれるだけだ。

どうしたら認識してくれるのか。どうしたら求めてくれるのか。

「畜生……チクショウ！」

愛が憎悪になり代わり、憎しみが溢れ返る。

目に見えないものに対する激しい嫉妬が、一矢の胸中で吹き荒れた。

今宮戎神社《いまみやえびす》では、毎年恒例の祭り「えべっさん」が、今日から三日間の日程で開催される。商売繁昌《はんじょう》を願って餅《もち》まきや舞楽《ぶがく》の奉納が行われるのだが、当然のごとく多くの人出を狙って、関西中のテキヤ系組織が押し寄せていた。

露店を出す場所を、その筋《すじ》の者たちは「高市《タカマチ》」と呼ぶのだが、その高市の仕切り役…いわゆる庭主である大藪会系列杜柾会《もりまさかい》は、地元系列組織の岩城組を祭りの世話役に立てていた。テキヤ系組織にとって、高市のシノギは大きな収入源だ。組織ならではの協定の元、この日ばかりは行政に従い、一般市民に愛想を振りまき、みな商売に精を出す。

連日のように賑《にぎ》わっているシュプールも、この三日間だけは店をクローズする。調子のいいホストなどはチャンスとばかりに、気に入った顧客を祭りに誘い、一層の親睦を深める好材料へと転じさせるのだ。

昨年までは、一矢もそんなホストの一人だった。気に入った女を「えべっさん」に誘い、多くの人混みからさりげなく守ってやる。それだけで女は一矢に夢中になった。貢いでくれる金額も、いままでの倍に跳ねあがった。だが今年は……。

一緒に行けないと伝えると、美加はたちまち拗《す》ねてしまった。そこをすかさずシュプールのナンバーツーが手を差し伸べ、一矢から一番の上客を横取りしたばかりか、売り上げトップをも奪ってしまった。

だが、もはやどうでもいいことだった。あんなに拘《こだわ》っていたキングという呼称に対し、執着も魅力も感じなかった。堕ちてゆくことに、不思議と悔しさはなかった。なんならホストを引退して、経営一本に絞ってもいい。店に出る暇があったら、九堂のために時間を費やしたい。

プライドが消滅したのか、それとも九堂に犯されすぎて脳神経がイカレたのか。…恐らくは両方だろう。その証拠に一矢は人の波に押されながら、ひとりフラフラと九堂の姿を捜し求めて高市を彷徨《さまよ》っているのだから。まるで亡霊のような顔をして。

「どこにおんねん、了司…」

唇から譫言《うわごと》が漏れる。昨日から九堂を見ていない。アパートを訪ねても留守。岩城の屋敷で訊いても、誰も、なにも教えてくれない。だったらここに来ているとしか考えられない。確証はないが、捜さずにはいられない。

まるで麻薬中毒者だ……と、一矢は自分の様を嗤い、嘆いた。

と、ふいに視界に、見慣れた顔が飛びこんできた。岩城組の桜井だ。お好み焼きの屋台の向こうで、テキヤの兄ちゃん相手に、なにやら兄貴風を吹かせている。

コートやマフラーで着ぶくれした人の波を掻き分けて、急ぎ足でそちらへ向かった。桜井は、どうやらお好み焼きの返しに文句をつけているらしく、テキヤの兄ちゃんからヘラを奪うと、自ら手本を示し始めた。なかなかどうして、いい手付きだ。

小学生くらいの男の子がふたり、屋台の前で伸びあがって桜井に声をかけた。

「おっちゃん、一個なんぼ?」

「コラ、誰がおっちゃんやねんな。兄ちゃんじゃ。一個五百万円な」

使い古されたギャグにも、関西のガキは付きあいがいい。五百万円玉じゃーとゲラゲラ笑いながら五百円玉を置いて、できたてのパックを持っていく。気付いた桜井がヘラを振りあげて抗議する。

「おいコラ！　左のヤツから持ってけ、アホンダラ！」

「そっち冷めとるやん。できたて貰《もろ》てくでー」

「かなんなぁ、もう」

おおきにーと声を張りあげ、再び桜井が鉄板に向き直ったとき、なんぼ？　と一矢は声をかけた。

「らっしゃい！　五百万円…」

と顔をあげた桜井が、ぴた、とそのまま凝固する。

「サマになっとるやん」

笑ってやると、桜井があたりに視線を泳がせて、再び確認するように一矢を見た。一矢の声が自分にかけられたものだと知ったとたんに顔を弛ませ、ヘラの柄で頭をガリガリ掻き、イテッと飛びあがる。思わず一矢は吹きだしてしまった。

そんな一矢を盗み見て、「今日は休みか」と桜井が訊く。一矢はひょいと肩を竦《すく》めた。

「えべっさんに客持ってかれて、商売にならへんわ」

言って、一矢は桜井のうしろの男に目をやった。桜井に役目を横取りされたテキヤの兄ちゃんは、ふて腐れた顔で黙々とキャベツを刻んでいる。一矢を岩城の系列と勘違いしてか、ペコンと一礼をよこした。目だけで挨拶を返し、一矢は声を潜めた。

「今日は了司も、屋台の見回りなんか？」

その名前を出したとたん、桜井の目の色が不機嫌に染まった。一矢の訪問が自分目当てでないとわかって拗《す》ねているのだ。

「どこぞでヒヨコでも売ってんのちゃうか」

「ヒヨコ？　そうなん？」

「信じんなや。あんなゴッツイのがヒヨコ当番やったら、売れるヒヨコも売れへんわい。売るより先に片っ端から串刺しにされて、ピィー言うとる間に焼かれて食われてあの世行きじゃ」

本気とも冗談ともとれるセリフをブツブツと吐き、一矢をチラリと見あげて言う。

「なあ、一矢よ」

「なんや」

「われ、九堂にイカレてしもたんか」

言い当てられて、目を見張った。だが、バレているなら話は早い。

チョイチョイ…と指を曲げ、一矢は桜井を屋台の裏に誘った。怒ったようにヘラをキャベツの山に突き刺した桜井が、きっちり仕事せえよ！　とテキヤの兄ちゃんを一喝した。

壁代わりのブルーシートが降ろされた裏側には、大きな松の木が何本も立っている。それを背にして、屋台が行儀よくズラリと一直線に並んでいる。

砂利《じゃり》を蹴散らす足取りで、桜井が後ろをついてきた。一矢はその手首をつかんで引き寄せ、松の木の陰に身を寄せた。至近距離で見つめると、それとわかるほど桜井が緊張を顔に刷いた。

一矢は桜井の手を両手で包み、口元に運んだ。暖かい息を吹きかけてやりながら、「今晩は、よぉ冷えるな」と微笑んでやった。見てわかるほどはっきりと、桜井の喉が起伏する。

「あのな……桜井さん。じつは桜井さんに頼みがあんねん」

「な、なんや。言うてみぃ」

腰が引けている桜井に、さらに顔を近づけた。その腰に腕を回し、下腹部と下腹部を触れあわせる。桜井の鼓動が早くなる。

白い息を唇から吐きながら、一矢は薄く微笑んだ。

「了司のこと知りたいねん。例えば……過去とか」

「過去？」

そや、と一矢は頷いた。

「アイツ、いつ岩城組に入ったん？　そもそも、なんで組長さんに目ェかけられてんの？アレ、一体なにしたん？　なんで特別扱いやねん。なあ、教えて」

質問を並べ立てる一矢に、桜井がウ…と顎を引きつつも、生真面目に応対してくれる。

「アレがウチにきたんは半年前や。十七のときに人殺して、特別少年院《とくしょういん》と刑務所《べっそう》をハシゴしたらしいわ。出所日には、わざわざ組長が迎えに行ったっちゅうことぐらいしか知らんがな」

逃げようとする桜井の股間に、一矢はスッと手を差し入れた。跳ねあがった桜井の肩に顎を乗せ、その股間をグッと握る。

「おっ、おま、お前っ、そ、それはちょお、あかん…っ」

「なに慌ててんの、桜井さん。気持ちええことしたるから、力抜き」

「そっ、そんでもやな、お前、お、おおお、うおっ！」

一矢の両肩をつかんで、桜井が本気で狼狽《ろうばい》する。一矢は身体を密着させ、すべてをロングコートの下に隠した。九堂のものと比較すれば赤ん坊並のミニサイズを右手に包んで素早く扱くと、ひ、ひ、ひ…と桜井が情けない声を漏らした。

「なあ桜井さん。もっと了司のこと教えてぇな。知らんのやったら調べてくれへん？　できたら…そやな。弱点、見つけてぇな」

「じゃじゃじゃ、弱点っ？」

「そや。俺の言いなりにならざるを得んようなネタや」

言いながら、扱くスピードを速めた。ひいい、と桜井が歯を食い縛る。

「アレを一生飼《こ》うとけるような、あざといネタが欲しいねん」

「う、ひ…！」

桜井のペニスが痙攣した。一矢はそれを扱いたまま、サッと横に回りこんだ。寒空に、桜井の濁った精液が放たれた。それは放物線を描き、雑草の上にパタパタッと音を立てて散った。

たちまち萎《しぼ》んだペニスから手を離し、一矢は一歩、桜井から離れた。また一歩、そして二歩、時間を掛けて遠ざかる。薄笑いを浮かべたまま。

いまだ放心状態の桜井は、縮んだ性器を垂らしたまま、松の木に背を預けている。視線は焦点が定まらず、頬は恥ずかしいほど紅潮している。よほど気持ちが良かったようだ。

「了司の過去を暴いてくれたら……もっと気持ちええことしたるから、頑張ってや」

チュッとキスを投げて、一矢はコートを翻した。

ズル…と地面にしゃがみこむ桜井の姿が、視界の端を掠《かす》めた。

桜井が掻き集めてきた情報は、衝撃的な内容だった。

現在、九堂に肉親はいない。親族も不明。要するに、天涯孤独の身であるらしい。

九堂が十七歳のときに、事件は起こった。

当時、父親はアルコール中毒。母親はとうに亡くなっており、名前も不明。たったひとりの弟は、腹違い。まだ中学生だったという。公共機関から受ける保護だけでは生活費が足りず、九堂は中学卒業後、建築現場で働きながら、父と弟、三人の生活を支えていた。

だが父親は、九堂の稼いだ金を酒に換え、賭博代欲しさに、闇金に手を出した。その結果、悪どい取立屋に狙われ、彼らに辱《はずかし》められた弟は、九堂の目前で自害した。恨みの矛先を父親に向けた九堂は、その場で父親を殺害して特別少年院に送られるも、環境の不遇さが考慮され、一年足らずで退院する。

だが九堂は退院したその足で、またしても殺人を犯してしまう。弟を死に追いやった取立屋に復讐《ふくしゅう》したのだ。

弱冠十八歳の九堂は、素手で三人を再起不能にし、二人を殴殺したという――。

そこまで聞いて、一矢はゾッ…と身震いした。

「九堂の弁護士は、うちの組長が用意したそや。普通やったら無期懲役のはずが、二年で出所やで？　どんだけ金積んだんやて、皆びっくりしたらしいわ」

「大リーグのスカウト並やな」

皮肉ると、桜井が真顔で頷いた。あんなん他所《よそ》に取られたら、リーグ敗退は確実や、と。

「……ちゅうか、そもそも組長直々に、刑務所《あんばこ》まで九堂を迎えに行ったことからしておかしいねん。理由は、アレをまっすぐ組に連れ帰るためや。野放しにしたら、またどこで人殺してくるかわからへん。なんや取立屋の居所調べて九堂に教えたんは、岩城の若いもんやったっちゅう話やねん。それで組長も、責任感じてしもたんやろ」

ぷかぁ…と煙草《たばこ》の煙を天井に向けて吐きだしながら、桜井が言った。…痩せて肋《あばら》の浮いた腹。こんな萎《しな》びた体のくせに、一矢の尻で二度も放った。てっきり一矢のオンナにしてほしいのかと思っていたのに……図々しい。

細い肉の棒で突き回された不快感を思いだし、一矢は眉を寄せたままベッドに半身を起こした。枕元のデジタル時計を確かめると、まだ午前十一時だ。桜井から呼びだしを受けてこのラブホテルに来たのは二時間前。朝早いばかりでなく、フリータイム三千円の格安部屋ときた。どこまでも見窄らしい桜井に、これ以上時間を費やしたくない。九堂の過去さえ手に入れれば、もう用はない。あとはこのネタをどう組み替え、どうやって九堂を手懐《てなず》けるかを考えなくては。

「おおきにな、桜井さん。まだ一日しか経《た》ってへんのに、ええネタ拾ってきてくれて…」

礼を伝え、一矢はベッドを飛び下りた。バスルームに向かう一矢の背中を、桜井が声で引き止める。

「まだあるで」

餌《えさ》につられて首を回すと、桜井が一枚の写真を取りだし、顔の横でヒラヒラと振った。自信ありげに目を細め、あぐらを組み、桜井が写真を器用に投げる。まっすぐ足元に飛んできたそれを拾いあげて、一矢は大きく目を剥いた。

確かめるために桜井を見て、ごくり…と息を呑む。

「これ……誰や」

桜井がベッドに両手をついて腹を反らし、笑う。お前や、と。

一矢は黙って首を横に振った。確かに似ている。だがこれは一矢ではない。別人だ。一矢よりずっと儚《はかな》い印象。髪型も違う。年齢もだ。……写真の子は、まだ十四、五だろうか。

クラス写真を拡大したと思われるその一枚に、一矢は確信を込めて訊いた。

「弟か。了司の」

「そや。目の中に入れても痛《いと》うない、大事な大事な九堂の宝もんや」

ニヤリと嗤った桜井が、一矢をクイッと指で招き、あぐらの足をゆっくりと左右に開いた。

一矢は黙ってベッドに戻った。桜井の脚の間に跪き、眼下にある付け根に顔を伏せる。桜井そっくりの痩せたペニスを口に含み、チュクチュクと吸って奉仕した。

へへへ…と薄く笑いながら、桜井が一矢の髪に指を差し入れ、乱す。そして勿体《もったい》ぶりながら、一矢の喜ぶ情報を追加した。

「九堂のことを、よぉ知っとるストリッパーから聞いた話や。知りたいか？」

勿論《もちろん》だ。しゃぶりながら頷いた。桜井が、うぅ〜と気の抜けたような声を漏らして続ける。

「兄弟、ごっつう仲良かったそやで。端《はた》から見ても、九堂が弟を…智司《さとし》っちゅうんやけどな、その智司を命がけでオヤジから守ろとしてんのが、ようわかった言うてたわ」

桜井の指が、一矢の頭皮を揉み、撫でる。小刻みに腰を揺らし始める。

「九堂がオヤジを殺したんも、弟の仇討《あだう》ち、やったんや、ないかと、いう、話や……ウッ」

「仇討ち?」

訊ねた拍子に、ペニスを噛んでしまった。イタッと跳ねあがった桜井が、それでも痛みをこらえて一矢の口中に放出した。

生温い微量の精液を口で受けてやり、手探りでティッシュをつかんだ。三枚ほど引き抜き、口元に添え、どろりとした粘液を吐いて口を拭う。

天国じゃー…と大袈裟《おおげさ》な感嘆を天井に向けて漏らした桜井が、バフンとベッドに仰向けに倒れ、衝撃の事実を口にした。

「智司は、オヤジの便所やったらしいで」

「え…」

ピクンと一矢の意識が跳ねた。いつしか桜井は笑みを引っこめ、真顔になっていた。ほんのわずかか、目に同情の色を滲ませて。

「毎晩オヤジに掘られとったそうや。勘弁して~お父ちゃん~いう智司の悲鳴が、近所に丸聞こえやったらしいわ」

「父親が、実の息子を……て言うことか?」

「そや。それで九堂は弟を守るために、オヤジを殺《や》ってしもたんやろなぁ。哀《あわ》れなやっちゃ。俺も可愛《かわい》い妹がおるさかい、九堂の気持ち、わからんでもないわ」

「違う」

「え？」

桜井が、一矢を見あげる。不思議そうに眉を寄せる。

「なにが違うねんな」

「違う。そやのうて、了司は…」

一矢はゴクリと生唾を呑んだ。視えてしまった真実を再確認するために、手の中の写真に視線を落とす。

薄幸そうな美貌《びぼう》の少年。薄く微笑むその存在にフツフツと湧いた感情は――嫉妬。

一矢は桜井の唇から煙草を奪い、無言で写真に押しつけた。桜井がギョッと目を剥く。

「お、おい、なにすんねん！」

やめさせようとする桜井の手を払いのけ、一矢はさらに煙草で智司の目を潰した。それだけでは飽き足らず、ライターで火をつける。ウワッと飛びつく桜井を躱《かわ》し、焦げたそれを床に捨て、灰になるまで踏みつけた。

「おっ、お前、なんちゅーことすんねん！　えらい目ェして手に入れた写真をっ」

這い蹲《つくば》って灰をかき集める桜井に背を向け、一矢はバスルームに逃げこんだ。

シャワーを全開にし、熱い湯を顔面に叩きつける。視《み》えてしまった真実の異常に、その歪みきった愛情に、心臓がドクドク脈打ち、どす黒い血液でこの身を穢《けが》す。

唇が青ざめ、震える。九堂に対する強烈な愛と同等の嫉妬と憎悪が、全身を駆け巡る。

九堂は、弟を救うために父親を殺したのではない。

九堂はおそらく……いや、間違いなく、自分のために――。

「……っ！」

一矢は頭を抱え、蹲《うずくま》った。

寒くて寒くて、心が砕けそうだった。


提灯《ちょうちん》が、沿道に連なっている。

えべっさんも、もう今夜が最終日だ。

一矢は視線を上空に向けた。暗い空に、濁った雲。…ちらついているのは、雪か。

祭り客でごった返している道路に背を向け、一矢はビルの地下へと階段を降りた。ヘアラインのステンレスが美しいホストクラブ・シュプールのドアを押し、中に入り…閉じる。

臨時閉店は今日までだ。だから店内には誰もいない。いるのは、一矢ひとり。もっとも気に入っているスーツに身を包んだ、シュプールの元キングだけ。

カウンターには待ち人のために用意したドンペリのロゼと、シャンパングラスがふたつ。

そして山盛りのストロベリーと。あと、もうひとつ。絶対に彼が興味を示してくれるであろう、選《よ》りすぐりのプレゼントと。

一矢は店内のライティングを調整した。カウンター上のダウンライトだけを灯《とも》し、シャンデリアやスポットは消した。九堂との語らいに、賑やかな照明は不要だ。九堂が一矢だけを見つめてくれるよう、照明は、ふたりの頭上に僅かでいい。

カウンターに肩肘を預け、一矢はドアを振り返った。

ステンレスのドアが光を反射して動いた。心臓が、トクンと跳ねる。

ゆっくりとドアが開き、黒いスーツ姿が現れる。

「……ぴったり十二時。律儀やなぁ」

肩を揺らして一矢は笑った。時間に正確な極道なんて、可笑《おか》しすぎて涙が出る。

「来てくれて、おおきにな。了司」

人がいないせいだろう。声が、いつもより遥《はる》かに響く。そのせいかどうかは知らないが、九堂が少し距離を置いて足を止めた。もっと近くへ来てほしいのに。その滾《たぎ》るような体温を感じさせてほしいのに。

見れば厚みのある九堂の肩には、うっすらと雪が積もっている。

「…降ってきたんか、雪。どや。積もりそうか？」

訊いているのに答えてくれない。相変わらずの無表情には、天気の話をしにきたのではないとハッキリ書いてある。雑談すら交わしてくれない。その程度の情も分けてくれない。どこまでも冷たい男だ。

「呼びだされて迷惑じゃーて、はっきり言うたらどや。え？」

「……用件は？」

いつにも増して声が深い。この反響音だけでイきそうになる。一刻も早く九堂に触れたくて、我慢できなくなる。

慎重に一歩踏みだし、一矢は九堂に微笑みかけた。

「了司に、ええこと教えたろ思てん」

「はよ言え。お前につきおうとるヒマはないんじゃ」

「最終日やで忙しいんか？　そやのになんでお前はスーツやねん。偉いさんと一緒に挨拶回りか？　若いのに大層な出世頭やなぁ、了司は」

クスクス笑って手を伸ばし、九堂のスーツの胸に触れた。ネクタイに指を滑らせ、形を少し直してやる。このまま首を絞めてやれたら、九堂を独り占めできるだろうか。こいつを殺してしまえば、楽になれるのだろうか。

そんな妄想も束の間《つかま》、一矢の手は九堂によって、あっさり払い落とされてしまうのだ。あれほど深く肉体を交えた相手に対して、どうしてここまで無関心でいられるのだろう。人としての情が欠落しているとしか思えない。

「相変わらず冷たいなぁ。俺がここまで惚れて惚れて、死ぬほどお前に惚れてんのに、それでも了司の一番は、ずーっと智司なんやもんなぁ」

初めて九堂が反応した。指先がぴくんと跳ねたのだ。

それを動揺と捉えた一矢は、ゆっくりと顔を起こして九堂を見あげた。

顔色は、あきらかに変貌していた。一矢は九堂の肩の雫を払いながら、小さな笑みを漏らし続けた。九堂が反応してくれた。気に止めてくれた。それだけで、こんなにも気分が高揚する。

「ええなぁ、了司。やっぱ了司は可愛いわ」

いま自分は、九堂を動揺させる武器を持っているのだ。弟を餌にすれば、こんなにも九堂を狼狽させられるのだ。意識をこちらへ向かせることができるのだ。

「なんで、お前…」

「九堂了司の秘密を知っとるのが、そうも不思議か？　なんも不思議と違うやん。俺は了司の頭ん中、見えるんやし。了司の心の中には智司しかおらんのが丸見えやわ」

口を開く度に後悔する。敢《あ》えてそれを九堂に教えてやることに対して、悔しさが募る。

自分の言葉に身を切り刻まれる自虐行為に、笑うことしかできない。憎まれることでしか九堂の心に入りこめない自分と、九堂に愛されたまま逝《い》った智司との落差に愕然《がくぜん》とする。

智司が憎くてたまらない。憎しみが度を超えている。九堂の前で智司を貶《おとし》め、傷つけ、嬲りものにしてやる爽快感は並じゃない。死者への冒瀆《ぼうとく》など関係ない。後ろめたさは微塵もない。

九堂の動揺を嘲笑《あざわら》いながら、一矢は言った。

「俺は智司の代わりやったんやな」

「……どういう意味や」

九堂が鬼の気配を帯びる。全身からパチパチと放電している。恐怖で鳥肌が立つのを自覚しながらも、言わずにはいられなかった。

「いまさら隠さんでもええがな。…ホンマは了司、俺とセックスしながら、智司とやっとるつもりやったんやろ？」

九堂の胸板が、大きく息を吸って膨れあがった。

かすかに持ちあがった両手の指が、ググ…と曲がる。荒く乱れる九堂の呼吸が、一矢を喜悦で躍らせる。

さらに一矢は、煽る言葉を引っ張りだした。九堂の形相が、その変化が、泣きたいほど嬉しかった。やっと触れてくれたのだ、やっと。ようやく九堂が興味を抱いてくれたのだ。

「なぁ了司。お前、十七んときに自分のオヤジ殺したそやな。理由は、弟の敵討《かたき》ちやて？」

は！　と一矢は笑い飛ばした。両手を広げて大笑いした。

「よぉ言うわ！　ホンマはお前、オヤジに嫉妬してたんやろ。ああ？　夜な夜な智司をヒイヒイ言わしとるオヤジが、ごっつう羨ましてしゃあなかったんやろが!!」

いつしか一矢は絶叫していた。目を剥いて声を失う不様な九堂が哀れで可笑しくて不憫《ふびん》で、笑いとともに涙が散った。

智司を想って心を乱す九堂が、そんなふうにしか九堂に触れてもらえない自分が、悲しくてならない。嬉しいはずなのに方法が違う。だが、もういまさら戻れない。

「なぁ了司。お前にな、プレゼントあんねん」

掠れた声を絞りだし、一矢はカウンタースツールに腰かけた。こっち来いや…と手招きするが、九堂は微動だにしない。それほどショックだったのだろうか。言い当てられたことが。

クスクス笑いながら、一矢は九堂のために用意したギフトボックスを掲げてみせた。白い紙と黒いリボンでラッピングしたそれを、もったいつけて九堂の前で開いてみせる。

手許を凝視する九堂の視線に酔いしれながら、一矢はそれを箱の中から取りあげた。

現れたのは、両の掌に収まるほどの小振りな壺《つぼ》。

正体を察するまでに、九堂は十秒ほどを要したようだ。…そのはずだ。こんなものがここにあるとは、誰も想像できない。

「……っ」

意味のない声を発して、九堂が息を呑む。一矢はカウンターに片肘を預け、手の上に壺を載せ、美術品でも眺めるように四方から堪能した。

「これなぁ、今朝、智司の墓から借りてきたんや。…えろう立派な墓、建てたったんやのぅ。

岩城の組長さんの恩情か？　綺麗《きれい》な花が供えてあったわ。参りも欠かさんと行っとるんか。ほら、ええ兄ちゃんや。…せやけどなぁ了司、この骨壺を失《うしの》うた今では、弟さんの墓は、ただの石やねん」

「それを……こっちに…」

顔を土色に染めた九堂が腕を伸ばす。やけに体が強《こわ》ばっている。無様な九堂を一瞥《いちべつ》し、一矢は白い骨壺をカウンターに置き、蓋を開け、乾いた一片を指で摘みあげて翳《かざ》した。

「触るな…！」

「ケチケチすな。触るくらいええやんけ」

「戻さんかい、このボケがッ！」

飛びかかる勇気もないくせに…骨の破損を恐れて手も出せないくせに、怒号を真っ向から叩きつけて威嚇する憐《あわ》れな九堂。それほどまでに深い情を持ちながら、なぜ一矢には、それを僅かも恵んでくれないのか。

一矢はスツールから飛び降りた。反射的に骨壺をつかみ、振りあげていた。

「ボケはお前や！　アホンダラ‼　弟かなんか知らんけどな、死人に魂とられて極道やってられる思てんのかッ！」

一矢は腕を振り下ろした。衝動的だった。

叫んだ弾みに、骨壺を渾身《こんしん》の力で床に叩きつけていた。

陶磁器が砕け、白い骨片が四方に散った。

目の前で起きた惨状に、心が砕けてしまったのだろうか。九堂はしばらく動かなかった。黒大理石を白く染めている欠片《かけら》たちを、ただ無言で見つめるばかりだ。

足元に転がっている骨片を、一矢はおはじきでも飛ばすかのように爪先で蹴った。乾いて軽く、頼りない。陶磁器とはずいぶん違う。

「あのなぁ了司。お前がどんだけ智司を想ても、智司はお前を見捨てて、さっさとあの世に逝ったんやで？　想うだけムダやろ。死ぬときは、みな独《ひと》りなんや。事故でもせんかぎり、どないに惚れた相手でも、まったく同時に絶命すんのは無理なんや。智司の死を引きずっても、どもならんねん。後悔しても、もう遅いねん。……見てみぃ了司。いまや智司は、ただのカルシウムの固まりや。なんぼお前が心痛めても、コイツはなぁんも感じてへんねん」

いまや遺骨より乾いてしまった一矢の心は、わざわざ残酷な言葉を九堂にプレゼントしてしまう。決して喜んでくれないと知りながら。

靴の先で骨片を踏み潰すと、パリン…と乾いた音がして、智司の骨が粉と化した。

一瞬グラリと身を揺らし、倒れかけた……かのように見えた九堂が、一歩大きく足を踏みだし、視線を智司の残骸から一矢へと移した。

「———われ、ぶっ殺したる‼」

形相が鬼に変化した。九堂の狂気が一矢を捕らえる。

一矢は震えた。一瞬にして全身が汗ばむほど、九堂の怒りは強烈だった。

「最高のプロポーズやん…」

感嘆を漏らす一矢に、九堂が吠《ほ》え、飛びかかる。胸ぐらをつかんで床に叩きつけ、馬乗りになり、一矢の顔面を連打する。

降ってくる拳を手繰《たぐ》り寄せ、九堂の首にしがみついた。無我夢中で唇を押しつけ、懸命に舌を吸う。顔をつかまれ、引き剥がされても、それでも一矢は求め続けた。

「好きやねん了司！　智司やのうて、俺を見てくれよ！」

絶叫したら張り飛ばされた。それでも九堂が欲しいと喚《わめ》いた。勃起して疼く腰を九堂の腿に押しつけながら、九堂の首を抱えこみ、その耳元で懇願した。

「いやや、いやや、離さんといて了司。離れたないねん、了司がおらんと、もう俺、生きていかれへんねん…っ」

大きすぎる手で顔面を覆われ、そのまま床にゴリゴリと押しつけられた。遺骨や陶磁器の破片たちが、一矢の皮膚を傷つける。それでも一矢は九堂の太い首に腕を伸ばした。

「生きていかれへんのやったら、さっさと死ね」

「あぁ、了司……っ」

九堂に憎悪をねじこまれ、喜悦のあまり失禁した。

九堂の視線が嬉しくて、微笑むそばから涙が伝う。…いま気付いた。奥歯が折れてしまったらしい。口の端から血の泡が吹きだしている。

一矢は片手を自身の股間に滑らせてベルトを外し、いまこの瞬間にも弾けてしまいそうな性器を解放した。

「しよ…了司。俺とふたりで、気持ちええことしよ。智司とできへんかったこと、これからは俺と、ようけしよ。…な?」

誘いながら、一矢は自身に指を巻きつけ、扱いた。九堂は目を見開いたままだ。…だが、それこそが夢のようだった。九堂が見てくれている。一矢だけを。

夢見心地とは、こういうことだ。もっと心を傾けてもらうために、一矢は禁忌を口にした。

「なぁ了司。智司の死体にはチンチンなかったそうやけど、それ、ほんまか? まさか、われが食うてしもたん違うやろな?」

九堂の顔に動揺が過《よぎ》る。気持ちを乱したまま、一矢の頭を片手でつかむ。頭蓋を握り潰そうというのだろうか。…光栄だ。ゾクゾクするほど快感だ。一矢は九堂の耳元に唇を寄せ、くちづけるようにして囁いた。

「なぁ了司。俺にも了司の一部、くれや。そやけどお前のチンチン食うてしもたら、俺の楽しみ無《の》うなるから…」

言って、一矢は九堂の左耳を、そっと前歯に挟み、そして。

「一番柔らかい了司を、俺に食わして…」

容赦なく嚙み切った。

「…………ッ‼」

声なき声を発した九堂が、一矢を床に叩きつける。脳震盪《のうしんとう》をおこした一矢は為《な》す術《すべ》もなく、焦点の定まらない視線を宙に彷徨わせた。

霞《かす》んだ視界から、ポタ、ポタ…と赤い雫が降ってくる。九堂の血だ。耳からの。

九堂を傷つけてやれた喜びに身震いしながら、一矢は口の中の肉片を飲みこんだ。

九堂のかけらを内臓に招き入れたとたん、霞んでいた視界がウソのように晴れ渡った。身も心も、ようやくひとつになれた気がする。魂が九堂と繫がった気がする。

一矢は九堂に極上の笑みを捧げた。だが、九堂は――。

「アホが、調子に乗りくさって」

「了司…？」

「どえらいこと、しでかしよったのう」

九堂の気配が険しさを増す。戦慄が、一矢を襲う。

「お前程度の畜生に、わいの一部はやれん」

地響きのような声だった。一矢の表皮がビリビリと振動する。それでも一矢は懸命に笑みを口元に張りつけ、強気であり続けようとした。

「残念やけど、もう食うてしもた」

「ほんなら、いますぐ返してもらおか」

「え……」

一矢は耳を疑った。そして、目を剥いた。

九堂の形相は、人間のそれではなくなっていた。

九堂は、嗤っていた。

血の匂いに鼻孔を膨らませ、犬歯を剥き、心底愉《たの》しそうに嗤っていた。

九堂の右手が、一矢の股間へ降りてゆく。痺れるほどに勃起している一矢のペニスを素通りし、足の付け根で……剥きだしの肛門の上で、拳が固められた。

「自惚《うぬぼ》れるのも大概にせえ。われでは智司の代用どころか、暇つぶしにもならんわい」

九堂が唇を曲げた。初めて目にする、満面の笑み。

刹那、一矢は本気で怯えた。九堂了司という生き物に。

「ひ……っ」

許しを乞う間もなく。

九堂の腕が、めりこんだ。

「ぐぁぁ……――――!!」

全身が硬直する。肉体が陥没する！　目を剥き、一矢は空気を食《は》んだ。

中で九堂が腕を回した。一矢は何度も宙を蹴った。手を広げられ、じかに内臓を探られ、中にあるなにかを潰された。信じられないことに九堂の腕は、一矢の体に、ずっぽりと肘まで収まっていた。

伸び切った肛門が裂けてゆく。鋭い痛みが脳天まで突き抜ける！

「胃はどこじゃ！　われの胃は、どこにあるんじゃ！」

「お…、ぉお、お……‼」

九堂が臓器を掻き分ける。そのたびに襞は裂傷を広げ、穴が無惨に陥没した。

一矢は精を噴きあげた。膀胱《ぼうこう》と精嚢《せいのう》を、中と外から同時に揺さぶられ、一緒には出ないはずの体液が、混じりあって尿道から噴きだした。

腕を食らうという未知の体験が一矢をエクスタシーへと誘《いざな》い、導く。臓物が歪み、生々しい音が体内で響くたび、口や鼻から血が噴きだす。流れる涙さえ血の匂いがする。

「ああ…、ええわ、気持ちええわ……了司、ええ気持ちや…」

手足をゆらゆらと蠢《うごめ》かせ、うろんな瞳で天井を見あげ、一矢は九堂の腕を締めつけた。

やがて九堂が腕を退いたとき、内部で鈍い音がした。なにかが千切れ、破れた気配。

同時に視界が白く染まり、一転して暗くなり、体温が急激に低下した。

断末魔の最中に、だが、一矢はそれを見た。

一矢の中から引き抜かれた九堂の手に握られていた、それを。

血塗《ちまみ》れの塊――――臓物を。

信じられなくて、一矢は悲鳴をあげかけた。もしくは大声で笑おうとした。

だが、声は出なかった。指一本動かすことができなかった。自分はもはや自力で起きあがることすら不可能になってしまったらしい。せめてもの意志表示に、息だけは吸おうとした。

だが、普通に出来ていたはずの呼吸が出来ないのだ。空気が入ってこないのだ。

「ひっ、ひっ、ひ…っ、ひ…」

吸えない。漏れている。おそらく体の内側で。

まったく突然、あっと言う間に身体の機能を喪失してしまった自分が奇妙だった。

必死で酸素を欲する一矢の目の前で、九堂が一矢の臓物を……胃袋を引き裂く。指で中を掻きだすようにして探し当てたのは、小さな肉の断片。

一矢が噛み切った、九堂の耳朶《みみたぶ》だろうか。

「確かに、返してもろたで」

みかじめ料を精算するような事務的な口調で言い、血だらけの手で、それを口に放りこむ。

くちゃくちゃと咀嚼し、ゴクン、と音をたてて飲み下す。

ニィ……と犬歯を覗かせて笑った九堂に、一矢は震えた。いま目の前にいる男は、本当に人間なのだろうか。

カウンターに手を伸ばし、アイスサーバーをつかんだ九堂が、智司の骨をそこへ拾い集めながら、ぶつぶつと文句を垂れている。

「ようもまぁ、ぐちゃぐちゃホザいてくれよったのう。知ったような口きいて、なに様のつもりじゃ。われの戯言《たわごと》は聞き飽きたわ」

冷酷なセリフに刃向かおうとして口を開いたら、反動で、ゴポッと鮮血が逆流した。あまりの量に驚いて反射的に口を閉じたら、今度は鼻から大量の血液が吹きだした。肛門からも、耳からも、なにかが大量に流れでていく。生きるために不可欠なものたちが、身体から確実に失われてゆく――――この恐怖。

「二度と戯《たわ》けたこと言わんでええように、ここらで人生、幕閉じとけや。おお？」

「りょ……う、じ…」

逝きたくない。離れたくない。縋りつきたい。それなのに、腕をあげる力もない。ままならない己の肉体が惨めで、滑稽で、血の涙が全身から大量に流れる。

「なにが、わいの秘密じゃ。われの言うとおりやったら、どないやっちゅうねん。わいはオヤジに嫉妬した。オヤジにやられる智司を眺めて、勃起しとった極悪人じゃ。わい自身が自覚しとることをいまさら指摘されて、わいが泣くとでも思たか？　……ひとつオモロイこと教えたるわ。わいはな、智司のチンチン食うたとき………勃起したんじゃ」

骨を拾う手を止め、九堂が一矢を眇《すが》め見た。まるで、いま白状した過去の罪を、心の底から懐かしんでいるかのように。

「わいは、そのとき目覚めたんや。肉食行為は究極の性交やとな。人間を食らう行為は、そいつのケツに押しこむ以上の征服欲と性的興奮を得られる。…わいはなぁ、あれ以来、疼《うず》いて疼いてたまらんのや。あの融合感を、また味わいたい。血も肉もみな一緒くたにして混ざりあいたいと思うほど、惚れた相手がおったらの話やけどな。言うなればそれが、わいの秘密かのぅ」

目を剥いたまま、一矢は視線を下方におろした。目で確認した九堂の股間は、異様なまでに肥大していた。

「ひ……っ」

九堂の手には、一矢の臓物。ニィ…と獰猛に嗤った九堂が、それに犬歯を突き立て、食いちぎる。

「われの肉は、わいの口には合わん。食うても、ちぃとも興奮せんわい。虚《むな》しいのぅ」

「こーふん……しとる…や…ないか…っ」

「この程度で興奮言うなや。そら、わいに対して失礼やで」

血に濡《ぬ》れた真っ赤な口。鋭利な牙。人を食らって性欲を肥大させる獣《ケダモノ》！

「中はマズても、尻はどや。腿は。肩は。腕は。とりあえずみな試したるよって、安心して逝《い》ね。中に入れてくれ言うたんは、お前やからのぅ……一矢よ」

初めて九堂に名を呼ばれた。それなのに、悦《よろこ》びよりも戦慄が先立つ。

「そ、そんなん……あかん…わ、了司。お前、人間、失格、や…で……」

一矢は震えた。静かに微笑まれ、おぞましさと絶望で総毛立った。

なにかが無性に可笑しかった。死体の形状すら成さない自分を想像して、凄惨な末路に笑いが漏れた。上と下から血の塊を吐きだしながら、涙を流して笑い続けた。

カウンターの上で光るダウンライトが、じょじょに視界から遠のいてゆく。確実に闇が迫ってくる。やがて訪れるのは絶命の瞬間。

尋常ではない寒さに震え、削り取られてゆく命を引き攣らせ、一矢は声もなく笑い続けた。

薄らぐ意識の中、最後に一矢が見たものは。

口を血に染めて笑う九堂の、獣と成り果てた姿だった。

獣・壊滅

「高校に通うぐらいええやんけ、九堂《くどう》」

「あきまへん」

「なんでや。組長が子分らより学歴低かったら示しつかんやろ。おお？」

「そんなことありまへん。わいかて中卒です」

風呂あがり、肌の表面で弾ける水滴を新米組員の洋平《ようへい》に拭わせながら、廉《れん》は目の前に立つ大男に食ってかかった。

「学力では測れん特殊能力があるやつは、別に構へんねん。せやけど俺は、なんもあらへんねんで？　せめて学校ぐらい行かしてくれよ。なぁ九堂！」

身の丈一九〇余りの頑強な体躯《たいく》の男が、亀裂の入った太い眉を大袈裟に寄せた。ネクタイを弛めたワイシャツ姿ながら、凶暴な匂いは隠せない。誰が見てもカタギではないと一目でわかる。

この男の名は九堂了司《りょうじ》。三十半ばにして広島大藪《おおやぶ》会系列関西岩城《いわき》組の、若頭兼組長補佐の地位にある、筋金入りの極道だ。

九堂が冷酷な三白眼で、全裸の廉を眺めている。若き三代目の要請に一考のそぶりをみせながら、そのじつ九堂は組長の裸身を丹念に視姦《しかん》しているのだ。

廉の肌に散っているのは、水滴ばかりではない。背中で咲き乱れている曼珠沙華《まんじゅしゃげ》は、極道の証の刺青だ。九堂の背負う獰猛な唐獅子《からじし》と紋様が対《つい》になっている。要するに、岩城組三代

目組長・岩城廉と、若頭・九堂了司は、身が朽ちるまで同体であると、そういうことだ。九堂という名の殺人鬼に魂かけて愛されることに対し、不快も不服もまったくない。なぜなら廉と九堂は、自他ともに認めるつがいなのだから。

「いまは時期が良うないんです。もうちょい我慢してもらえまへんか、組長」

子分らの前では廉を名前では呼ばない九堂が、わざわざ語尾を強調した。

たしかに廉は組長だ。敵対する蘇我《そが》組のスパイに薬殺された二代目は、間違いなく血の繋がった父親だ。よって廉は、れっきとした岩城組の三代目なのだ。

だが七カ月前までは、関西最大規模の暴走族・堕悪《ダアク》を仕切る「ゴロツキ」というヤツだった。廉の弟がヘッドを務める暴走族・瑛堕《エイダ》とのチキンレースは、確か二月に入ったばかりの、雪がちらつく寒い日だった。チキンレースで瑛《えい》に勝利した廉は、その日のうちに九堂に拉致され、岩城組の屋敷に軟禁され、逆らえば命はないと脅されて、望まぬ盃《さかずき》を継承させられた。

そして九堂に、骨の髄《ずい》まで犯された。

血も涙もないやり方は、まさしく極道。おかげで廉は、いまや関西圏の汚れた金をことごとく吸いあげ、黒い血の海にゆうゆうと漂い、あぐらをかいてのさばるまでに堕落した。

生まれながらの極道だと、九堂にいつも笑われる。たしかにそうかもしれないと、最近は自覚もしている。

「洋平。組長に風邪ひかす気か」

地を這うような低音が、九堂の肉厚な唇から押しだされた。言われて気づいた洋平が、止まっていた手を慌てて動かす。

「あ、は、はいっ、すんませんっ」

洋平の手がときおり止まり、視線が宙をさまよう理由は、なにげに想像がつく。廉の体のいたるところに、九堂が時間をかけて灯した性交の痕跡が無数に付着しているからだ。

あからさまに顔を背《そむ》けた洋平が、廉の背中をグイグイと擦る。思わず廉は飛び退《の》いた。

「痛いわアホ！　そうも強ぅ擦ったら皮ムケるやろ！」

「あっ、す、すすすんませんッ！」

手を離した勢いで、洋平が足を滑らせ尻餅をついた。落ちたバスタオルを拾いながら立ちあがったと思ったら、タオルの端を踏みつけてすっ転んだ。

「……もうええ、洋平。下がっとれ」

見かねた九堂が、溜息をついて洋平を世話役から解放した。待ってましたとばかりに洋平は何度も頭を下げ、飛ぶように脱衣所から立ち去った。

情事後の世話は、二十二歳の若造には酷だったか。かく言う廉も十八歳には一カ月ほど足りないが。

「嬉しいやろ、九堂」

「なにがですか」

「俺が子分にモテモテなことや」

言いながら九堂の目の前に立ち、新しいタオルを背に広げ、脚を開いて挑発した。

本音は他の誰にも触らせたくないくせに、わざわざ廉の世話を子分らに命じる。こういった九堂の歪んだ愛情表現を、ときおり廉はからかってやるのだ。九堂は自他共に認める苛虐《かぎゃく》愛好家だが、自虐的な要素も持ちあわせる、バラエティ豊かな性嗜好《しこう》を持った男だった。

だが九堂は廉の思惑に乗ってくれず、顔色ひとつ変えない。廉は裸身を九堂に寄せ、真下から顔を覗きこんだ。見れば見るほど惚れ惚れする。額の真ん中と左眉上を斜めに走る刀傷が、これほど似合う男はいない。

「なぁ九堂。二学期始まったばっかやねん。俺、一学期はまだ一日も学校行ってへんねんで？　このままやと留年させられるわ。な？」

入浴直後の火照《ほて》った肢体を餌にして、柄にもなく甘えた声で擦り寄ってみた。九堂の冷酷な視線を、見慣れた色欲に染め変えるためだ。気難しい若頭より、牙を剥いて肉を食らう獰猛な獣こそを、いまは見たい。

「なぁなぁなぁ、あのなぁ九堂。俺は別にな、組がイヤやちゅうとるわけ違うねん。フツーの学生もしたいっちゅうとるだけやねん。な？　組長として知識も知恵もつけなあかん。社会の成り立ちも学ばないかん。勉強嫌いの俺が、そない思うようになっただけでも快挙やろ。な？　組の将来のためにも、俺に勉強させとかなあかんて。な？　そう思うやろ？　な？」

背伸びをしても、まだ足りない。九堂の太い首の根元に、ようやく唇が届く程度だ。

「なぁ九堂。ええやろ？　ええよな？　な？　な？　な？」

自分比最高の猫なで声で迫り、ついでに九堂の股間を膝でグリグリと刺激してやった。と、すぐさま反応が返ってきた。ムッツリしたままでありながら、九堂は廉の腰に手を添え……なんと、押し退けたのだ。珍しいことに。

「どないした、九堂。熱でもあるんちゃうか」

本気で心配しているのに、九堂は眉を寄せるばかりだ。

「何遍も言いますが、我慢してください」

「いや、我慢せんでええよ。しよ」

「そやのうて……学校は、あきまへん」

似合わぬ九堂の溜息を、廉は鼻先で嗤い飛ばした。媚びて墜《お》とす手法は諦め、いつものリズムに切り替えた。

「アホのひとつ覚えはヤメてくれ。ほな訊くけどな、俺は一体いつになったら自由に外へ出れるんじゃ。もう七カ月やで？　七カ月！」

「いまは時期が悪いんです。勉強だけなら屋敷の中で、なんぼでも……」

九堂が言い終わらないうちに、濡れタオルで横っ面を張り飛ばしてやった。それだけでは足らず、脱衣室の飾り棚に置かれている匕首《あいくち》をつかみ、鞘《さや》を振り捨て、九堂の顎に切っ先を突きつけた。

驚きも抵抗もせず、ただ静かに目を光らせた九堂が、唇の端を歪めて言う。

「…わいにドスを向けるとは、ええ度胸やのぅ」

ようやく九堂らしくなった。廉はニヤリと嗤って言った。

「度胸がのうて、お前と毎晩乳くれるかい」

「ほんまにお前は…」

愉《たの》しませてくれる——と舌先で言葉を転がした九堂が、やにわに一歩踏みだした。

切っ先が九堂の頑丈な顎を傷つける。驚いて、反射的に刃を引いた隙をつかれ、あっという間に手首を捕らえられていた。と思ったときには腕を捻《ひね》られ、あっけなく匕首を奪われていた。

「痛いわアホ！　離せ！」

と組長が命じているのに、九堂は命令をきくどころか廉の足元を浚《さら》い、仰向けに倒すのだ。

素早く両膝を払われ、股を開かされた中心に、九堂がなんの躊躇《ちゅうちょ》もなく匕首を突きたてる。

「…——ヒッ！」

ドンッ！　と床板に刃が刺さる。

一瞬で廉は硬直した。微動だにもできなかった。

縮みあがった性器と紙一重の位置で、刃は床と垂直に立っていた。切れた陰毛がパラパラと埃《ほこり》のように宙を舞う。

「お、お前、どういう、つも、り……」

何度も生唾を飲み下しながら、なんとか声を絞りだした。相手は気狂いだと承知しているが、いちいち度が過ぎている。

「ドス退《ど》けろや！　お前とつき合《お》うとると頭おかしなるわ、ドアホ！」

「どういうつもりか訊きたいのは、こっちや」

「あ？」

「わからんか？　廉」

廉と呼ばれて、一瞬退《ひ》いた。どうやら九堂は組長ではなく、恋人と話がしたいらしい。その愛しさの滲む響きに、ひとまず命の危険はないと判断して体の力を抜いた。

九堂が廉の片側に回り、しゃがみこむ。ひどく優しく頬を撫でられて、張っていた気持ちが弛緩《しかん》した。

「蘇我を潰して、まだ半年や。雲隠れしたままの残党も、どこにおるか見当もつかん。そないな状況で、組の目が届かん場所にお前を放りだしたらどないなるか、少しは考えてくれ」

股間の刃を退けもせず、九堂が上体を被《かぶ》せてきた。飴《あめ》と鞭《むち》の使い方が間違っているぞと指摘してやりたいが、九堂に常識は通じない。

鼻同士が触れるほどの近距離から見つめてくる目は、心配の塊だ。反して右手の人差し指は、いやらしくも廉の乳首を摘んでは潰し、押し回しては弾いている。神妙な口調とは似ても似つかぬ図々しさで手慰みにされ、甘い疼きと苛立《いらだ》ちが、ますます廉を混乱させる。

「九堂よ」

「なんや」

「手ぇ」

「乳触《いろ》たらあかんのか」

はぁ…と廉は溜息をついた。わからんか？　と訊きたいのは、こっちだ。

「ほんまに頭おかしなるわ。新手の説教か、これは」

「これのどこが説教じゃ。見ての通りの乳繰りあいじゃ」

「俺の乳、触うのと舐めるの、どっちがええ？」

「どっちも捨てがたいのぅ」

ほくそ笑みながら、九堂が乳首をくいっと引っ張った。持ちあげた先端を舌先でつつかれ、廉の神経が心地よく震える。

「あぁ……」

「ええんか、廉」

「めっちゃええよ……」

ペニスがゆるりと勃ちあがり、冷たい刃に凭れかかる。切れてしまうという恐怖が、廉の性欲を後押しする。この閩《せめ》ぎあいが、たまらなく興奮する。

「このままやと、チンチン切れてまう」

本気で焦燥して言うと、ようやく九堂が気づいてくれた。廉のペニスが刃で傷つくことのないよう大きな手でガードして……絶妙な握力で包み、ゆっくりと上下に扱いてくれる。

「……っ」

体の中心が、甘く、熱く、蕩《とろ》け始める。

「ここですんのか」

「誘たんはお前じゃ」

「その気にさせたんはお前やろ。……まぁええわ、どっちでも。やるんやったら退けてくれ」

本気で怯えて匕首に顎をしゃくると、なぜかいきなり性器の先端をグリッと剥かれた。

「……ぁっ」

舌の全面を使って雑に舐められ、急な刺激に背中が浮いた。ざらざらとした九堂の舌が、薄い表皮を脅かす。

「九堂、痛い、滲みる……っ、あ、ぁあ…！」

腰が揺れ、腿が刃に一瞬触れた。亀裂が走ったと、すぐにわかった。以前九堂に鉄鏝を押しつけられた腿の、薄い皮膚が破れたのだ。

「あかん、九堂、危ないて。なぁ、九堂！」

浮いた血を指でなぞった九堂が、廉の唇にそれを塗った。

「三国一の別嬪《べっぴん》さんや」

「……気持ち悪いこと言うな、アホ」

血の味の、濃厚な接吻《せっぷん》。いや、上顎や喉まで舐められる閉塞感と圧迫感は、接吻という行為を遥かに凌駕《りょうが》している。

「んぅ……っ、お、お……っ」

無心に口への陵辱を続ける九堂の耳には、廉の訴えが聞こえないようだ。とにかく股間の刃を避けるには、足を大きく開くしかない。廉は九堂に口中を犯されながら膝を抱え、懸命に自身を保護した。そんな廉の苦労も知らず、ついに九堂が巨大なものを取りだした。

それが視界に入った瞬間、廉は九堂の顔を押しあげ、目を剥いて叫んだ。

「その前に匕首、なんとかせぇよ！」

「匕首？」

「…て、さっきから何遍も言うとるやろ、ボケッ！」

これを退けてくれんと腰も振れんわい！　と憤慨すると、九堂が肩を揺らして大笑いした。そして匕首の柄をつかみ、グイッと倒して引き抜いた。その背で廉の頬をピタピタと叩きながら言うのだ。お前が逃げんよう脅しただけじゃ、と。開いた口が塞がらない。

「組長を脅すな、アホ。ちゅうか、刺しもんでピタピタすんのやめてくれ。寿命縮むわ」

「文句が多いやっちゃのう」

「俺が悪いみたいに言うなや。われが常識外れなんやっちゅうの」

口の減らんやっちゃのう…とブツブツ零す九堂が可笑しくて、廉は思わず噴きだした。

匕首を横に置き、九堂が性器を嬲ってくる。陰嚢を揉みほぐし、中指の腹で襞を弄《いじ》りながら第一関節まで埋められた。愛しい男の体の一部が埋没してゆく感覚は、なんとも言えず甘美だ。

「ん、ふ…っ」

内部を雄々しく掻かれ、中心を口に含まれた。あまりの心地よさに、九堂の硬い髪に両手を差しこんだ、そのとき。

「高校なんぞ行かんでも、わいがおる」

反射的に廉は腰を引いた。九堂が顔を上げる。至近距離で視線がぶつかる。

燻《くすぶ》っていた不可解が、一気に怒りに成り代わった。

「それは違うやろ、九堂。俺らの行為は間にあわせか。ああ？　完全に別問題やろが！」

九堂を押しのけ、下から這いだし、身を起こした。怒りで睦言《むつごと》どころではない。

無表情の九堂を視線で威嚇したまま、廉は浴衣に腕を通した。帯を締める手が怒りで震える。九堂は、なにもわかっていない！

匕首を鞘に納めながら、九堂が言う。

「もうちょいや、廉。我慢せえ。蘇我の掃除が済んだら、高校やろが大学やろが、好きなだけ行かしたる」

「ほんまか?」

九堂の真意を探るために、雄々しい貌《かお》をジッと見据えたものの、続く言葉を想像するや、果てしない虚しさが込みあげてきた。

「まさか、ボディーガードつきでか」

「……歳の近いもんを潜らせる」

「ダチに会うときぐらいは、目付ナシで構へんよな?」

「それはあかん」

「なんでや」

「お前のことは信用できん」

「九堂!」

「信用されるようなタマやと思うか?」

匕首で脅されながらも勃起する好色な性器を一瞥《いちべつ》し、フンと九堂が鼻を鳴らした。廉の頭に血が上る。

「……われ、試したんか。俺を」

答えない九堂に苛立ちが生じ、怒りへ転じる。

「縮みあがって勃たん俺やったら、信用したっちゅうんか。おお?」

「そんなお前が、どこにおる。地球上探しても見当たらんわい」

投げるような言い種《ぐさ》に腹が立ち、廉は九堂の頬を打った。

「そやったら始めから試すなや! 惚れた相手を信用せんで、どないするんじゃ!」

「惚れると信用は、完全に別問題じゃ」

先刻放ったのと同じセリフで返されて、廉は唇を噛みしめるしかなかった。


結局、要求は通らなかった。

九月の一週目を過ぎても、廉の登校は許可されないままだった。

長期間続いている廉のイライラは、軟禁からくるストレスだと判断した系列組織の大幹部たちが、「言うてもまだ十七やで? 遊びたい盛りに、よぉ辛抱してますわ」と、九堂を説き伏せてくれたのは嬉しい誤算だ。

「たまには遊びに出るのもええわいな。せやけどハメは外したらあかん。油断は破滅。それを忘れたら命取られまっせ」という幹部連中の脅しつきで、岩城組の三代目を襲名して七カ月目に、ようやく業務とは無関係の外出を許可されたのだった。

だが手放しで喜んだのも束の間、フタを開けてみれば毎度のように子分らを従え、九堂の指定ルートを回るに留まった。期待していたぶん裏切られた感は大きく、余計にストレスが蓄積する結果となった。

岩城組の息がかかったカラオケ店で、女をデリバリーして歌いまくり、腹が減ったらクラブに赴き、巨乳を揉みしだきながら酒のつまみで腹を満たす行為の、一体どこが「十七歳のストレス発散ルート」なのか、理解に苦しむ。

「めちゃめちゃ美味いですねぇ、組長！　俺、キャビア食うの初めてですわ。これ、スプーンでザーッて食うてもええですか？　いっぺんやってみたかったんですよ。綺麗な姉ちゃんも仰山《ぎょうさん》いてるし、酒も美味《うま》いし。天国や〜！」

「どこがや。せめて海外にでも連れてけっちゅーねん」

「外国でっか？　そしたらヌーディストビーチがええですわ〜て、どこにありまんねん、それ」

「……もうええ洋平。黙って食っとれ」

溜息をつき、廉はソファに身を埋めた。廉の不快を誤解した組員たちが、もっと女を呼べと騒ぐ。いらん！　と一喝する気も失《う》せる。十代が求める自由と掛け離れすぎていて、無駄に疲労が増えるばかりだ。

極道に不服はない。廉自身が選んだ生き方だ。だが事業開拓も先物《さきもの》取引も、若すぎる組長には理解できない部分が多すぎて、いまだ完全ノータッチ。すべて九堂や大幹部連中が廉の代理で話を進め、決済し、組の利益に変えている。

廉などいなくても組は動く。それは事実だ。なのに九堂も誰も彼も、形ばかりの組長である廉を「親父」と崇《あが》めたて、時期が来るまで待てと熱心に説き伏せ、塀の中に隠そうとする。この、建前と本音の差の開きを埋める努力をしたいのに、埋めさせてもらえる環境にないことが、無性に廉を焦《あせ》らせるのだ。

廉とて男だ。可能な限り自分の力を試したい。我が身の雄を実感したい。せめて人並みに学びたい。視野も展望も広げたい。使える男になりたい。

それなのに、ままならない。このままでは先代の血を引くだけのマスコット…いや、九堂のペットで終わってしまう。

しなだれかかってくる豊満な女を押しのけ、廉はボックス席の奥から腰をあげた。と、九堂の側近、磯瀬《いそせ》が音もなく立ちあがる。試しに座ると磯瀬も座る。もう一度立つと、やはり磯瀬も腰をあげた。たまらず廉は舌打ちした。ついでに髪も掻きむしった。

「トイレじゃ。ほっとけ！」

「どこでもお供するようにと、きつう言《こと》づかってますよって」

「組長命令より、兄ィの一吠えか」

「すんません」

なにが言づてだ。その言づてをした兄ィは、廉の正面に堂々と座っているではないか。

そうなのだ。信じられないことに、九堂までが廉の見張りに加わっているのだ。

「……われ、どこぞの店の運営資金、貸し付けに行くんと違《ちご》たんか。おお？」

「もう済みました」

「えらい早いのぅ。まだ夕方になったとこやんけ。もっとバリバリ働かんかい！」

「働いとります。いま、ここで」

挑発するような言い種が、勘に障った。廉は拳を固め、九堂を睨み降ろした。

「……そうも俺が信用でけへんのか」

「遊びたい盛りの組長に、安心して遊んでもらいたいだけですわ」

「あ……――遊べるわけないやろ！　ドアホ‼　どっから見ても隔離やろが！」

「人混みは、刺してください言うとるようなもんです。こういう場所はおもろない言うんでしたら、屋敷に戻ってもらうしかありまへんな」

「われ、わざとやろ。あ？　嫌がらせも大概にせぇよ」

九堂を睨みつけたまま、廉は勢いよく立ちあがった。九堂の視線は、苛立つ廉を捕らえている。ついてくる磯瀬を引き離す勢いでトイレに向かう。九堂が指示したのか、廉の忠犬であるはずの洋平までが追ってきた。このぶんでは便器の中まで覗かれそうだ。

「ほんまにもう、勘弁してくれよ……！」

むしゃくしゃする！　子分たちを片っ端からぶん殴ってやろうかと、廉は本気で拳を固めた。だが九堂の誘いに乗って短気を起こせば、「それみたことか、十七歳」と、ますます行動範囲を狭《せば》められるのがオチだ。それでもこの外出は大幹部たちの意に反して、確実に廉のストレスをＭＡＸに引きあげてしまった。

トイレの手前に置かれた大振りな観葉植物が、九堂の視線を遮ったとき。反射的に廉はトイレを回避していた。足は勝手に、非常口へとダッシュしていた。

自分でも、自分のとった行動が理解できなかった。だが、相当な反発心が煮《に》え滾《たぎ》っていたのだろう。頭はついていかなくとも、体は完全に逃亡スイッチが入っていた。

「追えッ！」

九堂の反応は早かった。怒号が店内をビリビリと震わせる。

廉は逃げた。バリケードに立つウエイターたちの腕をすり抜け、ドアロックを外し、ノブをつかんで九堂を振りむく。

「すぐ戻る！　心配すな！」

店の隣はコンビニだった。タイミング良く、原付バイクを停《と》めようとしていた兄ちゃんと目が合った。廉はソイツをぶん殴り、原付バイクを横取りした。

後ろめたさは、まったくない。暴走族時代なら、この程度は日常茶飯事だ。

とくに意識せず走ってきたつもりが、気づけばやたら懐かしい夜景がパノラマ状に広がっていた。

関西空港を臨む埠頭《ふとう》。

ここで廉は冬の終わりの二月初旬に、九堂了司に「見初《みそ》め」られた。

敵対する暴走族、堕悪と瑛堕。族たちの目の前で、腹違いの弟・岩城瑛《えい》を容赦なく犯し、むせび泣く瑛を海に蹴り落とした。

血肉を分けた弟に対する極悪非道な廉の姿に、九堂は戦慄したという。「性的興奮すら覚えた」と歪んだ嗜好を臆面もなく吐いて、廉を震えあがらせた。

食肉加工場や製材センターが集まるここは、夜は一転ひとけのない寂れた埠頭になり変わる。向かいの埠頭と繋がる予定の大橋は、上層部の資金繰りがうまくいかず、現在工事は三百メートルの距離でストップしている。橋は海上約三十メートルでぶつりと寸断されたまま宙に浮き、静寂を余儀なくされているのだ。

この場所が、廉の運命を大きく変えた。

廉は橋を真っ直《す》ぐ歩いた。断絶された際《きわ》まで進み、足を止め、そして上空を振り仰いだ。

上空に赤い点滅が見える。飛行機だ。どこへ行くのだろう。

いつか自分も、あれに乗って、遠い国へ行けるだろうか。

「……行けるわけないやろ」

廉は自嘲を声にした。別に逃げるつもりはないが、もし逃げたとしても、大阪の街がせいぜいだ。行き先を断たれたあの橋のごとく、関西岩城組の三代目を名乗る人間が、この街から逃れるすべはない。もしも外へ出ようものなら、自分は追われる立場に変わる。

「ヤクザは自由やと思とったけど、案外ちっちゃい世界やのぅ」

はは……と天に向かってグチを零した。

「九堂の心配は、もっともなんかも知れんのぅ」

開放的な気分から一転、現実をまざまざと見せつけられて虚《むな》しい感傷に浸りながら、未完の大橋に近づいたとき。

「────廉！」

暗闇から投げられた声に、ギクリと竦んだ。息を止めて振り返り、周囲より暗い人影に目を凝らす。蘇我か、瀬ノ尾の残党か！

慎重な足どりで橋を渡ってきた影が、月明かりの下に立った。

肩まである雄々しい銀髪、ガッシリと張った顎、隆起した腕の筋肉。暴走《ゾク》時代から変わらない黒ずくめのスタイルは、あまりに見覚えがありすぎて、廉はポカンと口を開いたまま男の名を零していた。

「雅也《まさや》…？」

直後、彫りの深い男の顔が笑み崩れた。

「廉！　やっぱお前、廉か！」

探る目つきが、一転して親しみの色に弾けた。やはり雅也だ。暴走族・堕悪でサブリーダーを務めた男。そして、毎夜のように身を交えた懐かしい恋人！

奇声を発して駆けてきた雅也が、廉を抱きあげ、愛しげに顔を押しつけてくる。懐かしい仕草に、一気に時間が逆戻りした。

「なんや廉、見違えたで！　ちょっと痩せたか。髪伸びたか？　相変わらず、むしゃぶりつきたなるような別嬪やのう！」

ようやく地上に降ろされても、まだ解放してもらえなかった。両肩をつかまれ、もっとよく顔を見せろと覗きこまれた。息が荒い。興奮している。歓喜の抑え方がわからないのだろう。それは廉とて、まったく同じだ。

「なんで雅也、こんなとこにおんねん」

「お前が岩城に拉致されてから、たまに来とる。ここやったら、お前に会える気がしてな。そやけどまさか、ほんまに会えるとはなぁ！」

再会を願っていてくれたのだ。そんな雅也に胸が詰まる。

「……元気やったか？　雅也」

口にしてから恥じ入った。もっと気の利いたセリフはないのかと。だが雅也は気にするでもなく、大きく頷き返してくれた。

「元気元気！　て言いたいとこやけど、ちょい元気あらへんわ」

なんでや、と心配して訊けば、訊くなや、と笑われた。

「いっつも側におったやつが、おらん。それだけで理由わかるやろ」

「雅也…」

切ない口調の、その裏側を廉は読んだ。それは暗に、俺を責めているのか…と。だが責められてもしかたない。自分は雅也を裏切ったのだから。

七カ月前、岩城の屋敷に拉致された廉は、九堂による軟禁状態から逃げだそうとして失敗した。救いにきた恋人・雅也ではなく、人質を楯《たて》に廉を脅した卑劣な九堂を、土壇場で選んでしまったのだ。

「廉。あのときは助けてやれんと悪かった。そやけどお前、ようひとりで脱出できたなぁ」

脱出と決めつけられて、訂正も言い訳も出来ず、苦笑いで誤魔化した。

以前の自分は、雅也ほど強い男はいないと信じていた。事実、雅也は筋肉の鎧《よろい》で固めた強靭な肉体を持ち、腕っ節も相当なものだ。雅也がいれば大丈夫だ、雅也ならなんとかしてくれると、いつも安心していられた。

それなのに、なぜだろう。九堂を知ったいま、そんな雅也が赤子に見える。

九堂に比べれば取るに足りない存在だと、冷静に比較してしまう。まさか、こんな淋しい気持ちで雅也を見る日がこようとは。

思い返すほど、九堂という男は残忍だ。散弾銃をぶっ放して蘇我の組長を葬り、太刀《たち》を振り回して組の幹部を惨殺し、臓器を抉《えぐ》って食らう獣ぶりは、もはや人とは言い難い。全部、九堂のせいだ。こんなにも九堂を忌まわしいものと感じながら、それでもあの獣に心惹かれ、ひとつしかない人生を賭《と》してしまう自分は、本当にどうかしている。

「廉、どないした？」

至近距離から呼びかけられ、廉はハッと顔を起こし、即座に「悪い」と謝った。

「昔の恋人の前で考えることやないな…」

苦笑すると、雅也が目尻を吊りあげた。

「昔の恋人て、なんや」

「え？」

「俺はいまでもお前一筋やで？　あの大雨の夜、お前が俺やのうて岩城組を選んだことやったら、俺は別に怒ってへん。脅されてたんやろ、お前。言わんでもわかっとる。安心せえ」

「……雅也」

雅也の腕が、廉の腰に回った。やや強引に引き寄せ、下身と下身を密着させてくる。

雅也のものは勃っていた。どういうつもりかと問うより早く、雄々しい顔が降りてきた。

とっさに顎を引いて唇の接触を回避したものの、雅也の頑強な両腕から逃れることはできず、廉は抱かれたまま身を硬くした。

「どないした、廉。前みたいに笑《わろ》てくれよ。やっと戻って来れたんやし、これからは前みたいに仲良うやってこ。な？」

硬い性器を押しつけながら両腕で抱えこまれ、戸惑っているうちに唇を封じられた。

懐かしい感触に体が震えた。いくら記憶を遠ざけようとしたところで、細胞は忘れないのだ。この男から与えられた喜びを。この男によって目覚めさせられた性癖を。

雅也の手が、探るように降りてくる。慣れた手つきでファスナーを下げられ、それはダメだと抵抗した……が、予測していたのだろう、雅也は廉の両手首を背中でひとまとめにしてつかみ、空いた右手をデニムの尻に滑りこませてきた。

「お前のここ、色も形もよう覚えとるで？」

「……雅也っ」

尻の谷間を降りてきた指が、襞に触れて止まった。雅也の接触に、ヒクリとそこが収縮する。

「おぉ……ええのう。吸いついてきよる。お前のマンコ、ご主人様のこと覚えとるみたいや」

「やめぇや、雅也…」

「やめぇ言われても、締まりが良うて、指抜けへんねん」

笑いながら、雅也が指を押しこんできた。

「あ……っ」

ひとつ大きく痙攣した廉を抱きかかえ、雅也が中で指を動かす。孤を描いては、内側の肉を掬《すく》うように吟味して、耳元で感嘆を漏らすのだ。ええのぉ……と。

「相変わらず、スケべったらしい感触や」

「う……っ」

太い指で刺激されながら、廉は身を捩《よじ》った。デニムが腿までずり落ちる。脚の間を生温い夜風が過《よぎ》る。雅也の手は前にも及んだ。力加減が体に馴染《なじ》みすぎていて、いやおうなく変化してしまう。

雅也が自身を解放した。半勃ちにされた廉のペニスは雅也のものと合わせて握られ、夜風に吹かれながら、同じリズムで扱かれた。

「廉、懐かしいのぅ、廉…！」

「あ……、あかん、雅也っ」

「なにがあかんねん。ウソ言うな」

「あかんねん、ほんまに。頼む、離してくれ…！」

冷たいこと言うなや…と、雅也が執拗に合わせてくる。見なくても、形も色も味もなにもかも覚えている。昔はアレが欲しくて欲しくて、自分からねだったこともあった。

「どや、廉。久しぶりのペッティングは。昔はしょっちゅう同時に昇天したよなぁ」

弁明しようと開いた口を上から塞がれ、舌を押しこまれ、乱雑に舐め回されて、何度も腰の力が抜ける。懐かしさは、弱さを生む。弱点を突く。雅也は廉を弱くする。

「よう戻ってきたな、廉」

「ま……さ、や…っ」

腿の間に、雅也が男根を入れてきた。腰を前後に揺さぶられるたび、濡れた亀頭が廉の襞を擦り立てる。じわじわと追い詰める雅也のやり方が、抵抗心をも萎えさせる。よくないことだとわかっているのに全力で抗えないのだ、どうしても。

「俺のアパート行こ、廉。長いこと放っといたぶん、めちゃくちゃお前を可愛がったる。堕悪の連中も、お前の顔見たら喜ぶで。な？　帰ろ、廉」

「ま……」

雅也の誤解を解きたかった。出来ることなら傷つけず。

昔は本気で愛した男だ。久しぶりに会ったのに、雅也は変わらず強気で優しい。変わってしまったのは廉だけだ。

まだ追ってくる唇から顔を退き、厚い胸板を押し返した。雅也が不審な面持ちで首を傾《かし》げる。

「……どないした、廉」

顔を背け、廉は言った。違うんや……と。

「なにが違うねん。はっきり言えよ」

「俺はな、戻ってきたんやのうて、その…」

雅也の目を見るべく上げた顔が、瞬時に凍りついた。

廉の視界の斜め右――――遥か向こう。一台の、闇に溶けこむ漆黒のベンツ。

あれはいつ、そこに出現したのだろう。

一体いつから車のドアに背を預け、腕を組み、まんじりともせず、こちらを視察していたのだろう。

「九堂……！」

廉の当惑を耳にして、雅也が闇を凝視する。車から背中を引き剥ぐようにして身を起こした九堂が、無言でこちらへ歩いてきた。そして、廉と雅也ふたりの手前で足を止めた。

こんなとき、昔の雅也なら廉を背中に庇《かば》っただろう。しかし雅也は動かなかった。おそらくは、九堂の発する威圧感に度肝を抜かれてしまったのだ。

廉でさえ、いまの九堂は恐ろしかった。ワイシャツ越しにもわかる頑丈な肉体の両側にぶら下がっている両腕は、簡単に雅也を撲殺してしまえるであろう凶暴な力が漲《みなぎ》っていた。刃のように鋭く吊りあがった三白眼と、凶悪な笑みを象《かたど》る唇。こんなアンバランスな表情のときほど、九堂は体内に業火《ごうか》を滾らせている。

距離を置いたまま、九堂が肉厚な唇から重々しい声を押しだす。

「そろそろ仕舞《しも》うていただけますか、組長」

言われて気づいた。下身を露出したままだったと。廉は恥じ入り、急いで身を整えた。雅也もあわてて陰茎を隠す。が、手は廉の肘をつかんだままだ。離れれば殺されるとでも思っているのだろうか。

そんな雅也を、九堂がバカにした目で見おろし、言う。

「ヨソの組長たぶらかすとは、ええ根性しとるやないか。われ、どこの組のもんや」

九堂の詰問に、雅也が何度も息を呑み、返す言葉を探している。声を発するのも躊躇するようだ。その気持ちは、九堂の片割れである廉でさえ理解できる。

ひとつ大きく息を吐き、廉は一歩前に出た。雅也を庇《かば》う立場の自分に戸惑いを覚えるが、九堂と雅也では、経験値が違いすぎる。たかが暴走族あがりが太刀打ちできる相手ではない。

「あのな、九堂。こいつは俺のマブダチやねん。組とはなんも関係ない。雅也はただの…」

言い訳を探す廉に呆れたのか、ふいに九堂が一笑した。

「尻尾巻いて逃げよった、あの雅也か」

「……なに？」

とっさに雅也が拳を固めた。廉はそれを体で制した。逆らってタダで済む相手ではない。殴りかかれば、それこそ命の保証はない。

「悪い……雅也。ここまでにしとこ」

言って、廉は雅也から離れた。唖然《あぜん》とする雅也から顔を背け、九堂へと足を踏みだした。

「おい、廉ッ！」

続る声を無視して、廉は九堂の隣に立った。束の間の自由だった。一瞬で消えた郷愁だった。岩城の頭領である以上、許されるのはここまでだ。だが、納得しているわけではない。

「いちいち人のあとつけるような、えげつないマネしくさって…！」

九堂の足元にペッと唾を吐き、廉はさっさと歩きだした。

ベンツの運転席から洋平が姿を現す。同情めいた面もちを無視して顎をしゃくり、ドアを開けろと促した。洋平が黙って後部ドアを開け、申し訳なさそうに頭を下げる。

「どこから見てたんや。全部か」

視線も交えずに訊くと、消え入りそうな声で洋平が言った。すんません…と。

「われ、九堂に俺を殺《や》らせたいんか？」

「めっ、滅相もないっす！」

どいつもこいつも九堂の言いなりだ。鼻で嗤った廉は、後部席に身を滑りこませた。

「なんでや、廉！　行くなや！　廉‼」

雅也がどれだけ叫ぼうとも、廉は決して振り返らなかった。

九堂が隣に腰を沈める。重々しい音をたててドアが閉まる。

「出せ」

九堂の命令は、圧力そのものだった。緊張を漲《みなぎ》らせ、洋平が車を発進させる。

「廉―――――ッ！」

激しく遠いところで、雅也の声が虚しく響いた。

車は岩城の屋敷へは戻らず、九堂のマンションへ向かった。

監視役の洋平をドアの外に残したまま、九堂が玄関ドアを開け、突き飛ばすようにして廉を押しこむ。足を踏ん張って転倒を凌いだものの、背後では施錠の音が虚しく響いた。

「また軟禁か」

廉の投げやりな質問にも、九堂は黙ったままだ。

「で、どーすんねん九堂。今度は手錠でもハメとくか？　それとも足に鉄球でもつけとくか？」

煽ったとたん、横っ面を張り飛ばされた。廊下の壁で側頭部を思いきりぶつける。

「ぐ……ふっ」

ズルリ…と床に崩れると、荒っぽく引き起こされた。襟首を吊りあげられ、そのまま浴室へ引きずられ、乱暴に洗い場へ突き倒されていた。廉は大理石製の円形バスタブで、したたか背中を打ちつけた。

「ホンマに懲りんガキやのぅ。おお？」

大股でやってきた九堂が、廉の頬をパンッと張った。髪をつかみ、また平手打ち。表面的には平然としているが、目の奥で苛立ちが揺れている。九堂の逆上。煽ったのは自分。自業自得だ。

頭がグラグラして、上下左右もわからない。軽い脳震盪を起こした廉を押さえつけ、衣服を裂いてゆく冷酷な男に、果たして情はあるのだろうか。

シャツもデニムも下着も靴も、なにもかも剥がされた。立てない体を足で蹴られ、冷たいタイルに転がされた。うつろに見あげた九堂の顔には、微塵の感情も窺《うかが》えない。怒っているのか嘆いているのか、それすらも読めない。これは完全に狂人の目だ。

「どないした、廉。こないな手荒な男は嫌いになったか。あ？」

九堂が口だけで笑う。そして小さく付け加える。

「まあ……嫌いや言うても離さへんけどな」

自分に言い聞かせるように呟き、九堂が黙って服を脱ぐ。

すでに陰茎は隆起していた。九堂は暴力を振るいながら性的興奮を得ていたのだ。そうと知って、全身が恐怖に逆立った。

片膝を突いて屈《かが》んだ九堂が、縮みあがる廉のペニスを掌にとり、鼻先を近づけてきた。匂いを嗅ぎ、密通の痕跡を探している。

「射精はしてへんみたいやのぅ」

「あたりまえやろ…！」

怒りに声を震わせると、ジロリと九堂に睨まれた。窄んだ瞳孔の鋭さに、廉は思わず息を呑む。九堂はひと睨みで廉を黙らせると視線を下方へ戻し、先ほどまで雅也の手の中にあった廉のペニスを扱きはじめた。

包皮を剥き、恥毛を分け、陰嚢の周囲を確かめている。異常なまでの猜疑心《さいぎしん》だ。嫉妬に狂う九堂の姿に、廉は震撼《しんかん》した。

襞を丹念に探っていた九堂が、手を止めた。雅也の精液が、わずかに付着していたらしい。人差し指にそれを取った九堂が、指をこすりあわせながら匂いを嗅いで確認している。

「われの匂いと違うやないか」

言いながら、九堂が廉を威圧する。

「ハメさせたか。おお？」

「……させるか」

「嘘つくな。どえらい助平な顔しとったやないか。突っこませたんやろ。あ？」

「……信用せんなら、最初から訊くな」

「なら、体に訊くだけじゃ」

いきなり仰向けに返されたと思ったときには、股に顔を埋められていた。

「おい、ちょ………やめえやっ！」

「黙って足かかえとれ」

なぜとは訊けなかった。わかっている。九堂は疑っているのだ。挿入させたかどうかではなく、雅也に反応したかどうかを。

九堂が大きな体躯を曲げ、廉の襞口に舌を這わせる。舐めながら両膝の裏に手をかけ、肩につくまで折り曲げ、そして。

肛門に指を添えて広げると、舌をぐにゅりと押しこんできた。

「ひ、ぃ……っ！」

ざらついた熱い筋肉が、粘膜を直に舐める。長い舌が軟体動物のように這い進み、廉の内部を掻き乱す。

「あ、ああ、あ…っ」

穴を食い破る勢いで、ぐいぐいと顔面を押しつけられた。九堂の犬歯が肉に刺さる。傷ついたそこに唾液が染みこむ。鋭い痛みと九堂の行動に耐えきれず、廉は首を横に振り続けた。

「あかん！　あかん、九堂……！」

「なにがあかんねん。雅也はようて、わいはあかん言うのはどういうこっちゃ。おお？」

九堂がズルリと舌を抜き、表面に付着した体液を口の中で扱くようにして味を確かめている。その姿に鳥肌が立った。この男にとっては、陰茎の挿入と愛撫だけでは性行為として成立しないのはわかっている。もっと奥にあるな<ruby>に</ruby>か<ruby>と</ruby>交わることを、いつも九堂は要求している。だが、どこまで食らえば納得するのか、限度が不明だ。わからないから恐怖が募るのだ。

「雅也とやらを始末したら、われは半狂乱になるんのかのぅ」

半眼で睨みおろされ、急激な寒気に襲われた。脅しではない。九堂は本気だ。

「二度目はないぞ、廉。次にわいをコケにしたら……わかっとるな?」

「ぐ…あ────ぁっ!」

廉は弓なりに仰け反った。肛門に拳を埋めこまれたのだ!

「が……は、は、あー、あぁー…ァ、あー……」

ぐっ、ぐっ、と狭い器官をこじ開けながら、硬い拳が侵入する。乱暴に内臓を押しあげられ、骨盤がメリメリと軋《きし》んで開く。

硬い異物を下身に埋められた廉は、まるで無様な蛙《かえる》のように宙で足をバタつかせた。

いまの廉は、まさしく九堂の人形だった。九堂が指を屈伸させ、腕をひねると、廉の腹が陥没し、内臓もろとも陰部がねじれた。

「あ…お、おぉ……おっ」

膀胱を内側から揉みしだかれ、強制的に放尿させられる屈辱に、廉は歯を食いしばって耐えた。溢れたそれを飲み下され、襲いかかる寒気に身震いした。

粗相をした廉の先端を舌で虐《いじ》めながら、九堂が腕を出し入れする。廉の体が上下するたび、九堂の手首に吸いついている中身が糜爛《びらん》となって外側に露出する。赤く充血したそれに、九堂がすかさず舌を這わせる。

「ああ……美味い。われのケツの裏の肉は、ほんまに美味い」

九堂の手首を締めつけて、廉の内臓が淫らに脈打つ。九堂が内部で手を開く。腸壁に九堂の指紋が付着する。廉の内側はもう、九堂の手垢《てあか》にまみれている。おぞましいのに、恍惚としてしまうのはなぜだ。

体内を探っていた九堂の指が、硬いしこりを探り当てた。精液のタンクだ。あ、と短い悲鳴を漏らして、廉は空を蹴った。潰すようにして揉みほぐされ、あああ…と断続的な嬌声を放った。全身の血管が痺れるような甘い快感が、指の先まで流れて満ちる。

強烈な射精感をもよおしながらも、だが廉は、まだ勃起できずにいた。完全に心が竦んでいるのだ。

イきたいのにイけない。劣情と恐怖の狭間《はざま》で、廉の陰茎が無様に揺れる。

「わいも大概の悪食《あくじき》やけどな……」

九堂が無情な視線を落とし、ひっそりと嗤った。唇の端で犬歯が光る。

「われも救いがたい悪食やのぅ」

言われて廉は目を見張った。殺人鬼の双眼には、血の筋が浮いていた。肝心なときに勃起してくれない自分の体を、これほど恨んだことはない。

腕を引き抜かれ、体温が急激に低下する。寒さに身を震わせながら、廉は必死でバスタブまで這った。

廉の粘液でぬらぬら光る掌を開いては閉じを繰り返し、どこかぼんやりと九堂が呟く。

「なんでや。なんでわいよりアレがええんや。コレは一体、わいのどこが気にいらんねん……」

奇妙な独り言に、廉の奥歯がカチカチ鳴った。

「なあ九堂、お、俺らは別に、なんも……」

九堂の眼球がグルリと回り、廉を見る。

「出したかどうかは、われの体をいじくりゃわかる」

「射精はしてへん！　信じてくれ！　俺は雅也に、もうなんの未練もあらへんねん！　俺と雅也は、いまはもう、ただのマブダチや！」

「わかっとる。そやけどのぅ、廉。射精もしてへんお前が…わいのマラを見ただけで勃つお前が、この腕を食うても勃たんとは、よほど雅也に恋い焦がれとる証拠やないか。おお？」

「そ……」

そうじゃない！　廉は必死で頭を振った。勃たない理由は明確だ。ただただ九堂に怯えているのだ。だから勃たないのだ。それだけだ！

九堂が手を伸ばしてきた。必死で言い訳を探しながら、廉は背後に逃げ場を探し、四方八方に目を走らせた。逃げれば怒りを煽るだけとわかっていながら、それでも逃げずにいられなかった。もはやこれは本能だ。

廉を際まで追いつめた九堂が、頬の筋肉を引き攣らせる。

「最大の裏切りやないか。わいに勃たんとは。違うか、廉」

もはや、気狂いの形相だった。絶望に支配されている廉を前に、九堂が独り言を繰り返す。

「われの悪食マンコは、わいではもう満足でけんようになってしもたか、廉よ」

「ち、違う、くど……っ」

九堂の腕が伸びてきた。廉は無言の悲鳴をあげた。つかまれた顎がギシギシと悲痛な音を立てて軋む。

「お前が底なしの淫乱ちゅうのは知っとったが、まさか心変わりするとはのぅ」

「九堂、違う！　そやないねん、俺は…っ」

「これほど心血注いでも、われは昔の男恋しさに、簡単にわいを切りよるんか」

むりやり口を開かされ、壁に押しつけられ、力任せに男根を押しこまれた。

「が……ぁっ、あぁ、あ……が…っ」

完全に勃起した九堂のものは、到底口には収まらない。それどころか喉に達してもまだ余りある。張りだしたエラに上顎をザリザリと削られ、唾液を飲み下す隙間すらない。

九堂の陰茎は見た目同様、凶悪だった。色素はどこまでも濃く、ゴツゴツとした血管の筋が醜いイボ状に巻きついており、無数の成虫を思わせた。込みあげてくるのは嘔吐感。廉の奥歯がカチカチ鳴る。

「……嚙むなや」

唇に残酷な笑みを張りつけ、九堂が強引に全部を押しこもうとする。

「おぉ……ぉ、げ……っ」

口腔《こうこう》に入りきらない肉棒が、行き場を探して喉へ潜る。吐きたい。だが吐くのが怖い。九堂は吐瀉《としゃ》物にも異様に執着する。廉の汚物は九堂にとって極上の馳走《ちそう》なのだから。

なにもかもが恐ろしくて、あとからあとから涙が湧いた。なのに九堂は廉の髪を鷲づかみ、容赦なく男根を押しこんでくる。後頭部まで突き抜けそうな、その巨大で凶暴な男の武器を。

「ちっちゃい顎や。わいのマラが脳天まで届くで。……われの脳みそをグチャグチャに突いて、潰して、阿呆《あほう》にして、いっそペットにしたったほうが、この先楽かも知れんのぅ」

残酷な計画を易々と吐く九堂。言われる側の絶望など、九堂には一生わからない。

「ヘタクソなフェラやのぅ。そんなんでは猿でも満足せんぞ。おお？」

髪をグイッと引っ張られた。巨大な肉塊がズルリと口から抜ける。食道にまで達していた異物が逆流してゆく嫌悪感に耐えきれず、廉は突っ伏し、ゲェゲェと空気を吐いた。

胃を激しく収縮させて嘔吐に耐える廉の頭を、九堂が再びつかんで起こす。頭皮が、こめかみが、顔面が、肺が、心臓が、痛くて辛くて廉は呻《うめ》いた。

「白状せえ。いつ雅也に連絡した」

「離……せ」

「落ち会《お》うて、逃げる段取りやったか」

「く、九堂、ええ加減に、せ……」

反抗心を両眼に宿した直後、凄まじい速さで九堂が腕を振った。

避ける間もなく、廉はまともに平手を食らった。勢い余って背中からバスタブに転落した廉を追って、九堂も湯に踏み入る。常に適温適量を保っている浴槽が、このときばかりは非情な拷問の道具となって、廉を死の危険に晒す。

何度も湯から這いあがろうとしては頭をつかまれ、浴槽の底に顔面をゴリゴリと押しつけられた。必死でもがき、夢中で暴れた。このままでは死ぬ！　溺死する！

九堂の腕をかいくぐり、死にもの狂いで酸素を求めた。やっと湯面から顔を出せたと思ったときには、九堂に首を吊りあげられ、別の苦渋に喘《あえ》いでいた。

目を血走らせ、九堂了司が咆哮《ほうこう》する。

「どないな声で誘たんじゃ！　どないエロい顔で媚びたんじゃ！　おお⁉」

「じゃかあしい！　黙れ……グフッ！」

叩き返した言葉ごと、片手で口を封じられ、バスタブに後頭部を叩きつけられた。

顔を近づけて牙を剥き、九堂が嗤う。

「望みどおり、やり殺したる」

湯の中で足を割られ、膝を脇に担がれた。手首ほどある荒々しい男根が、廉の襞を押しあげる。

「う――……ッ!!」

衝撃に、廉は目を剥いた。

「ぐ…う、うぐぅ、うぅっ！　ぐふっ！」

狂ったように、廉は暴れた。九堂を殴り、抵抗した。それなのに廉の陰茎は、九堂を食らって充血するのだ。九堂に対する激しい憎悪が、廉の反応を過剰にする。みるみるうちに勃起して、廉を錯乱させてしまう。

「ひいぃ、いい…いっ！」

荒れる海のごとく、湯が波打つ。廉を突きあげながら九堂が吠える。

「それでええんじゃ、廉！　われは、こうやないとあかん！　わいを食ろうて狂い咲く華《はな》やないといかんのじゃ！」

貫かれながら、唇に、首に、噛みつかれた。激しすぎる行き来で、九堂の剛毛が廉の皮膚を傷つける。浴びせられる無限の刺激が痛くて良すぎて、射精を耐えることは不可能だった。

「は、あ、あ――……」

九堂を咥えて伸びきった器官からも、体液が溢れる。女のようには濡れないはずの穴なのに、九堂の陰茎がもたらす刺激で自然に涎《よだれ》が溢れてしまう。

射精直後のペニスから、二度目の飛沫《しぶき》があがった。九堂が満足そうに目を細める。完全に、墜ちた廉を両腕で掻き抱《いだ》き、力任せに腰を叩きつけて凄む。

「ええか、廉。金輪際《こんりんざい》アレには会うな。背いたときは……殺す！」

ズン、と押しあげられ、放ちながら痙攣した。

「お前をやない。雅也をじゃ！」

「ぐ、ふ………ぅっ」

今度はギリギリまで退かれ、体の中身が引きずりだされる恐怖に怯えた。再び奥まで穿たれたときには、内容物が戻ってきた安心感に恍惚となった。完全に神経がイカレている。

「これだけ言うてもまだわからんようなら、雅也の男根を滅多《めったぎ》切りにして、腹をかっ捌《さば》いて内臓を抉る！」

「あ、あああ、あ…っ」

「多少のことには目を瞑《つぶ》る。せやけどな、あないなチンピラに簡単に股ぐら晒すんやったら話は別じゃ。われのケツ食うた男はひとり残らずブチ殺さんことには、いまにも腸《はらわた》が煮えくり返りそうじゃ！」

「そんなことしたら、お前は、破滅や…っ」

「破滅結構！　このままではお前が憎うて憎うて、わいの神経が保たんわい！」

「ひ…っ！」

骨と骨とがぶつかり、軋む。廉はまた暴発した。心なしか波打つ湯の色が赤い。小さなクラゲのように漂っているのは、血か。

九堂の胸板でこすられ続けた乳頭は、皮がめくれて血の糸を垂らしていた。肛門からも出血している。糜爛《びらん》が破れてしまったのだ。

この湯はもはや、体液だった。いま廉は、体液の中で性交しているのだ。九堂に腰を叩きつけられるたび、己の吐いた精液が波打って口に入りこむ。

廉は懸命にバスタブに縋りつき、渾身《こんしん》の力で洗い場に逃れた。それでもまだ九堂は抜けない。口の中に入ってくる湯をゲェゲェと吐きながら、ただひたすら出口を求めた。

「また逃げるつもりか、廉。このまま外まで這《ほ》うてく気か？　わいをケツから生やしたままでか。ええ眺めやのう。おお？」

必死の廉を嘲笑い、廉の背に覆い被さり、長い陰茎を深々と埋め直して、獲物の抵抗を愉しむ獣。身も心も嬲られて、怒りより悲しみで潰れそうだ。

「ぐ……、う…っ」

タイルに血と精液を垂れ流しながら、廉は四つん這いのまま浴室の扉に手をかけたが、九堂が腰を揺すり、逃亡の邪魔をするのだ。弱々しく喘ぎながら、廉は脱衣所に脱ぎ捨てられている九堂のスーツに手を伸ばした。

冷たい鉄の塊が、指に触れる。掴んだ瞬間、廉は吠えた！

「九堂ォッ‼」

眉間に突きつけたのは、拳銃。

九堂がピクリと動きを止める。

歯を食いしばって激痛に耐えながら、廉は慎重に身を捩って仰向けになり、九堂と対峙した。両手でしっかりと銃を握るが、九堂は廉を見おろして、不気味に嘲笑するばかりだ。

「手ェ震《ふる》とるやないか」

嗤われても仕方ない。ふたりはまだ、九堂の男根で繋がっている。

「撃てるもんなら撃ってみい。おお？」

からかうように突きあげられた。甘い疼きが背筋を伝って脳天で弾ける。ゾクンゾクンと乳首が尖《とが》り、先端に血の玉が浮く。そこにすかさず爪を立てられ、銃を持つ手がビリビリ痺れた。

「ひ…ぁ、あぁ……っ」

九堂が腰を大きく退き、また埋めた。今度は小刻みに出し入れしながら乳首を潰し、ペニスの先端に指の腹を添え、回す。

「う……ぁ、んぁ、あ…っ」

体内で快感が渦巻く。息が上がる。目が眩む。手の中の銃を保持するだけで精一杯だ。

「うぅん、んっ、ん、ん、んっ！」

「ええ声やのぅ、廉。チャカ握るより、わいのマラ握っとるほうがよう似合うで」

体を玩《もてあそ》ばれるより、心を嬲られるほうが何倍も悔しい。廉は両手でしっかりと武器を握り直した。九堂が悲しげに首を振る。

「やめとけ廉。お前に、わいは撃てん」

それでも廉は、震える指を引き金にかけた。と、九堂が廉の陰茎に指を巻きつけてきた。

「ええ加減にしとけ。やんちゃも、度が過ぎると可愛げないで」

グッと握られ、やんわり扱かれ、先端に蜜が滲むと同時に、廉の目尻にも涙が浮いた。

「撃つより早《はよ》う、わいはお前の腕を折る。腕だけやない。性器を引き千切って、綺麗な目ん玉を抉って、クソ生意気な舌を嚙み切る。半殺しのまま生かさず殺さず、地獄の苦しみを味わうことになるんやで？　それがわいに背いた報いじゃ。それでもええなら引き金、引け」

正気の失せた三白眼が、それが現実であることを示唆している。

こんなにも深く身を交えながら、いまの九堂はあまりにも遠い。恐怖を与えることでしか、愛を計れない九堂が辛い。

「お前とおると、気ィ狂うわ…」

一筋の涙とともに、廉は溜息で本音を零した。九堂が不思議そうに眺めているのは、涙の理由が不可解だからに違いない。

「上等やないか。相手に狂う。好きあう言うのは、そういうこっちゃ。いっそ、われのマラに九堂命とでも彫っとくか」

「同じようなもんが背中にあるわい」

やけくそで返すと、そやったな…と九堂が嗤った。

「われはもう立派な極道じゃ、廉。カタギと慣れあうのは金輪際やめとけ。もののついでに言うとくけどな、学校も同じや。学ぶべきことは、どこにおっても吸収できる。わざわざ危険を冒してまで外に出ることはない。お前の危険は組の危険っちゅうことを、肝に銘じてくれ。とくに雅也は——昔なじみは関わったらあかん。情は、お前の足元を掬う元凶になる」

言っていることは尤《もっと》もだが、仕打ちの非道《ひどう》さが先に立って素直には聞けない。人というのは、そういうものだ。九堂は手順が悪すぎる。やることが非常識すぎる。

長時間に亘《わた》る暴行のせいで、廉の視神経はピクピクと痙攣していた。おかげで目の焦点が定まらない。それでも九堂を睨みつけ、意志を曲げずに訴えた。

「九堂よ。何遍も言うけどな、関わろうとしたわけ違うねん。雅也のことは、ほんまに偶然なんや。連絡もしてへん。信じてくれ」

なおも食い下がると、九堂の形相が険しさを増した。声が一段と低くなる。

「そないな偶然あるかい。それに——わいの腕まで喜んで食うえげつないマンコを、信じよ言うほうが無理な話やで」

「九堂…ッ！」

鼻先で嗤い、九堂が腰を叩きつけてきた。確かに、もうこれ以上は一ミリも入らないというのに、廉の器官はまだいやらしくも九堂に吸いつき、貪ろうとしている。

「どや、廉。これがお前の本性や。なんぼ綺麗事ほざいてもな、われのココは鬼畜の穴や。雅也の手ェでいじくられて、自ら足開いて指食うて、この可愛らしいチンチン勃たせとったやろが。ああ？　扱かれて拒みもせんと、体預けて腰振って。わいが止めに入らなんだら、おそらくお前は、あのまんま……」

「そんなことない！　俺は…」

「…せめてお前の口から、悪かったの一言でも出ればと期待しとったんやけどのぅ。お前が素直に謝りさえしたら、わいもここまで手荒なマネせんでも良かったんじゃ」

大きくひとつ抉られた。反動で落としかけた銃は、あっさり九堂に奪われた。

そして九堂は、なにげない顔でそれを持ち替えると。

廉の口に、銃筒を押しこんだのだ。

「――――…っ！」

歯の間で、鉄がゴリッと鈍い音をたてた。

九堂が眼を細める。明らかに廉を憎んでいる。短髪が逆立っている。まるで鬼人だ。鉄を噛んで、廉の奥歯がカチカチと鳴った。

「それにしてもまぁ、ようも次から次へと、見えすいたホラを吹いてくれよったのぅ。われの上下についとる口には、ほんま呆れるわ」

「嘘やない！　ホンマや！　俺は誓ってお前だけ……」

直後、ドンッと音がした。

撃ったのだ。九堂が。廉を。

正しくは、耳朶を。

廉は硬直していた。呼吸すら忘れて。鼓膜は一時的に麻痺し、物音は遮断されていた。

穴の開いた床と銃口から、硝煙が立ちのぼる。焼け焦げた廉の左耳朶が、次第にジクジクと強烈な熱を持って疼き始める。

玄関の鍵がガチャガチャ音をたて、せわしなくドアが開けられ、洋平が血相を変えて飛びこんできた。

「大丈夫でっか、頭、組長！　なんやいま、おかしな震動が外まで伝わってきよりましたけど……ゲッ！」

浴室に飛びこんだ刹那、洋平が飛び退《すさ》った。惨状を目にし、大きく目を剥く。

血まみれの組長。そこへ馬乗りになっている若頭。この非常事態を目にするや、銃に気づいてウワッと悲鳴を上げ、わたわたと周囲を駆け回ったのち、モバイルを取りだした。磯瀬への緊急通報か。

「く、組長が撃たれましたっ！　その、あの、なんや顔半分が血塗《まみ》れでしてっ！　いやその、そそそ、狙撃やのうて、あの、かか、かっ、頭に撃たれたみたいですぅぅーっ！」

しどろもどろの状況説明をうつろに聞きながら、廉は茫然《ぼうぜん》と、自分に発砲した男を眺めていた。九堂が下品に唇を曲げる。

「キッツイのう、われの肛門は。絶命寸前の締まり具合は、普段の比とちゃうで」

巨大な陰茎がズルリと抜けた。急激な体温の低下に全身を引きつらせ、廉は無様にガクガク震えた。

眉ひとつ動かさずに立ちあがった九堂が、銃を片手に無言で脱衣所を出ていった。

残された廉はといえば、耳の痛みと精神的打撃に、身を強ばらせるばかりだった。

九堂了司が組長に発砲したとの一報は、すぐに系列組織の大幹部たちの耳にも届いた。

痴情のもつれでは言い訳にならない不祥事で、九堂はしばらくの間、広島の大藪会に身を置くこととなった。

短期か長期か、滞在日数は不明。廉の虫の居所ひとつによる。

「あの……組長。頭は、そんだけ組長に一途《いちず》でおられまして…ですね」

畳に正座した洋平が、遠慮がちに異議を申し立てる。

「あんな現場見てしもたら、そら誰かて怒りますわ。まぁ、怒り方にも限度っちゅうもんがあるとは思いますけど、自分らにとっては度が過ぎた怒り方でも、頭にとっては、たぶん、並盛りっちゅうか、その……」

しつこい洋平に苛立ちながら、廉は寝床に横になって頬杖を突き、処分の正当性を訴えた。

「そんなもん理由にもならんわい。ガードする立場の人間が、どないな理由であれ、組長にチャカ向けるっちゅうのはどういうこっちゃ。破門されんだけマシやろが！」

声を荒らげはするものの、ごく僅か、後ろめたさは拭えない。なぜなら廉は、確かに雅也に反応した。触れられて、拒めなかった。それを裏切りというなら弁解の余地はない。

だが昔の男を懐かしむ気持ちさえ抱くなと言うのは無理な話だ。ただでさえ、雅也に別れを告げる間もなく九堂に拉致された身なのだから。

それでも本音を言えば、腹立たしいより驚いている。まさかあれしきのことで、九堂がこれほど激昂《げきこう》するとは思いもよらなかった。たとえ廉が九堂以外の人間に表皮を嬲られ、どんなに下身を玩ばれようと、廉の奥深くに潜む核に触れることができるのは、九堂ひとりだけなのに。そんなこと、ハナからわかっていると——信じていたのに。

要するに九堂は、廉を信用していないのだ。逆に言えば、裏切ったのは九堂のほうだ。

だから廉は、今度ばかりは九堂了司を見放した。組長として、そうすべきと冷静に判断した結果だ。

「そんでも…組長。頭かて一応人の子ですし、嫉妬に狂うときもあるんやないかと……。そやのうても毎日毎日、よう我慢されてますやん」

「毎日てなんや。そない毎日、俺が九堂に迷惑かけとるっちゅうんか。おお？」

「いえ、迷惑やのうてストレスっちゅうか…」

「ストレスてなんや。はっきり言え」

「あの、頭ホンマは組長のお世話、他の者にさせたないんやと思うんです。この前の風呂場でも、めっちゃ感じたんですよ。俺、いつ頭がキレるか思て、ビビりっぱなしでしたもん。……とにかく頭は俺らの手前、自分は組長と距離置くて決めて、自我…言うんですか、それを必死で抑えてはるんやと思うんですよ。今回のことで、その溜まりに溜まったもんが一気に爆発したんちゃいますか？」

「…………アホちゃうか」

投げるように言って、廉はゴロリと仰向けになった。なにがストレスや。なにが自我の抑制や。そんなんただの自虐趣味やんけ…と、天井に向かってブツブツ吐いた。

「とにかく、俺に発砲した人間を許すわけにはいかん。これはケジメの問題や。もう二度とこの話はするな。早よ去《い》ね」

「……はぁ」

洋平はまだ言い足りないようだったが、廉が背を向けると、説得もしくは譲歩の打診を諦めたらしく、口を閉ざして退室した。

九堂の監視がなくなったのをいいことに、廉は休学中だった高校への復学を決めた。

ひとりで行くと言い張る廉に異を唱えたのは、子分たちを治める舎弟頭の清武《きよたけ》だ。九堂より二十も歳上の、まるで銀幕俳優のような渋い面構えの元ボクサーは、個人で盃を下ろして八人の子分を従えている重鎮だ。岩城組内清武組を背負っており、下からの信頼も厚い人物だ。

ちなみに清武は、瀬ノ尾《せのお》事件の際に指を詰めようとした廉を、体を張って止めてくれた老兵・安村《やすむら》の健《けん》さんと義兄弟の盃を交わした間柄でもある。どちらも甲乙つけがたい頑固ジジイだ。

長年九堂の世話役も務めていたという清武は、廉に対して普段は口数の少ない相談役に徹しているが、このときばかりは険しい顔で廉を咎《とが》めた。

「校内までお供するとは言うてません。せめて門前までの送迎は認めてもらわんことには、通学自体、許可できまへんな」

「許可も何も、俺は岩城の組長やで？　その組長が決めたことを、なんでお前にあれこれ言われなあかんねん」

「頭が席を外しとるいま、わしの意見は頭の意見や思てください。大藪会の頭領からも、組長が成人されるまでは健を含め、わしら古参が責任持て言われとるんです。組長になんぞあったら、わしらが責任とるんでっせ？　瀬ノ尾のときの責任問題、忘れたとは言わしまへんで」

清武の斜め後ろで傍観していた健さんが、これみよがしに片手を上げて、四本しかない指をヒラヒラさせた。あれを見せられると弱い。もともと小指がなかった健さんは、それでも廉を止めるために、薬指を詰めようとしてくれたのだから。

「……それは狡《ずる》いやろ、健さん」

「なにがでっか？　わしは組長に、ご挨拶しとるだけでっせ？」

くそジジイ…と吐き捨てると、なんぞ言わはりましたか？　とジジイにダブルで凄まれた。

一歩も引かないダブル・ジジイに負けて、しかたなく廉は条件を呑んだ。

角が擦り切れた学校指定のショルダーバッグを斜めに引っかけ、「われがここまで頑固親父やとは知らなんだわ」と吐き捨てると、「三代目が、ここまでわがまま坊主やったとは知りませんでしたわ」と清武に言い返された。「若気の至りが、毎度至りすぎまんねん」と、健さんに厭味《いやみ》を呟かれ、廉は頬をパンパンに膨らませた。

「親戚のおっちゃんに叱られとる甥《おい》っ子みたいですなぁ」と、ひとり勝手に和んでいる洋平の脇腹に、廉は右のパンチを食らわせた。

腹を押さえて呻《うめ》きながら、洋平がベンツの後部ドアを開ける。黒塗りのベンツで校門に横づけするなど恥以外のなんでもないが、装甲車ですからと、ダブル・ジジイに押し切られた。

だが、それさえ目を瞑れば晴れて学生に戻れるのだ。

「今日のところは、老い先短いダブル・ジジイに花持たしたるわ」

ジジイたちが短髪を逆立てるのを見届けて、ほな行ってくる、と廉は車に滑りこんだ。

「そろそろ着きまっせ」

洋平の声に睡魔が飛んだ。廉は後部席の窓から、外に目を凝らしてみた。

「おー、懐かしいのぅ！」

見慣れた正門を前方に発見した。学舎ごときに、これほどの郷愁を掻き立てられるとは。七カ月に及ぶ岩城の軟禁生活が、思った以上にストレスだったようだ。いまなら苦手な英語も数学も地理も歴史もなにもかも、乾いたタオルが水を吸いあげるがごとくに吸収できる気さえする。

「ほな組長、ここで待ってますよって。ヤバいことあったらすぐ駆けつけます」

「アホか。学校でヤバいことなんかあるかい。三時は回るぞ。一旦屋敷に戻っとれ」

「そういうわけにはいきまへん。組長をしっかりお守りせぇて、清武さんから言われてますねん。あ、休み時間に、窓から手ぇ振ってもらえまっか？　これから毎日、組長の教室をここから眺めさしてもらいます。体育の時間には、組長がサッカーするとことかも見れるんですよね。ええ役所《やくどころ》ですやん、俺」

ベンツの運転席から顔を覗かせてニヤついている洋平を、制服姿の学生たちが遠巻きに見て、足早に校門をくぐっていく。

廉も彼らと同じ黒いズボンに白いシャツ姿だ。母の元へ使いを飛ばし、調達した夏用の制服はサイズもさほど変わっておらず、廉の体型にフィットしている。

制服に身を包み、指定バッグを斜めがけすれば、他の生徒と変わりない。こんな時間がまだ残されていたことが嬉しく、なんとも照れくさい。

どこかから、あれ志方《しかた》ちゃう…？　という声が聞こえた。志方。懐かしい名だ。極道になる前の、カタギ時代の実名。声の方を振り向けば、見覚えのある顔がふたつ、みっつ並んでいた。たしか去年、同じクラスだった数名だ。だが彼らは廉に近寄るでも声をかけるでもなく、漆黒のベンツを怪訝《けげん》そうに見つめている。チッと廉は舌打ちした。

「目立つわ。早よ去ね！」

足でガンッとドアを蹴ると、すんません、と詫《わ》びて洋平がベンツを移動させた。十メートルほど先へ進み、外壁にピッタリと横づけする。なんとしても門に張りついていたいらしい。

洋平が大人しくなったのを見届けてから、踵《きびす》を返して校舎に向かった。スキップでも披露したいような気分だ。あれほど毛嫌いしていた高校なのに、感情とは不思議なものだ。

校庭の中程に差しかかったとき、教員たちが血相を変えて飛んできた。剣道部顧問の森山《もりやま》に、生徒指導部の平町《ひらまち》だ。平町には、よく世話になった。アイツを殴って停学をくらったことは一度や二度じゃない。

「なにしにきたんや、志方廉！」

手にした竹刀を廉に突きつけ、森山が嶮《けわ》しい顔で唾を飛ばす。

「オベンキョーに決まっとるやろ」

学生ズボンのポケットに両手を突っこんだままヘラヘラ笑い返すと、ふたりが顔を見合わせた。平町が薄っぺらい唇を何度も擦りあわせながらメガネの位置を直し、困惑を絞りだす。

「あのなぁ、志方くん。きみはもう退学になっとるはずやで？」

へ？　と廉は目を丸くした。初耳だ。森山が大仰に頷いて胸を張る。

「学生手帳も読んでないようなヤツは、規則を知らんで当然や」

「規則？」

「そや。停学解除通知を受理後、三十日経過後も登校せぬ者は自主退学とみなす、や」

口をぽかんと開けたまま、廉は固まった。停学解除通知など、知らない。そんなものを受理した覚えはない。家に戻っていないのだから、知らなくて当然だが。

ふと思った。九堂は知っていたのだろうか、と。

廉を岩城の屋敷へ拉致した際、九堂は母に会っているはずだ。気丈な女や……と、確か九堂が言っていた。だとしたら、学校はどうするのかと、きっと母が九堂に訊ねているはずだ。

だが、蘇我の一件があった。登校など出来るはずもなかった。

「それでか…」

だから九堂は頑《かたく》なに、復学の意志を却下したのだ。おそらくは、廉が傷つかないように。九堂ひとりのせいにして、廉の怒りを全部受け止めるつもりで。

それでも廉は、やはり未練を断ち切れない。教室の匂い、チョークの匂い。かったるい授業、何度も漏れる大あくび。あの懐かしい日常を、昨日から楽しみにしていたのだから。

「本人の意思は……無視か？」

いつでも戻れると思っていた。だが現実は、甘くなかった。

「登校拒否は、立派な意思表示やないか」

手の上で竹刀をポンポンと弾ませ、勝ち誇ったように森山が頬を吊りあげる。

「勉強したいて言う、俺の意欲は？」

「意欲？　お前にそんなもんあったんか。在学中は問題ばっか起こしよって。われのおかげで警察と、えらい仲良うなってしもたわ」

「もう少し早く、やる気をね、見せてくれたらよかったんやけどね」

言いにくそうに口ごもり、平町がメガネに手をやった。泣いているわけでは、もちろんない。汗でずり落ちるメガネを元に戻しているだけだ。

「…もう少し早うて、要するに、もう遅いっちゅうことか？」

「きみが停学になったんは…校内暴力やったな。あれは確か一月の半ばやった。停学解除を言い渡したんは二月や。あれから一遍も登校してへんのやし、進級は……いくらなんでもなぁ」

廉は空を仰ぎ見た。校舎の屋上より遥かに高く、立派な雲が連なっている。九月と言っても、秋空の風情《ふぜい》は感じられない。この残暑の厳しさは真夏以上だ。

「そやからな、志方くん。今回ばかりは、なんともしてやれへんねん。せっかく登校する気になってくれたのに、悪いんやけどな……」

まだ夏は、終わっていないのに。まだ、たったの七カ月前のことなのに。

「平町は、別になんも悪ないんちゃう?」

ぽつりと零し、廉は笑った。平町がぽかんとしている。穏やかな廉が珍しいのだろう。まだ早い時間なのに、校庭は炎天下だ。その炎天下で、よりによってこんなにも暑苦しくて、こんなにも不毛な会話が続いている。いや、続けようとしている。まだ終わらせたくなくて。

視線を戻して廉は言った。

「俺、三年何組?」

「え?　あ…あれ?　いや、そやから志方くん。きみは三年には進級できんかったんや」

「進級どころか、留年の道も途絶えて退学や。わかったか、志方」

早よ去ね!　と、竹刀の先で肩を突かれた。

刹那、廉は右の拳を森山の顔面に叩きこもうと身構えて――――――。

志方くん！　と叫んだ平町の……生徒指導部のくせに気が小さくて、いつも廉に足蹴《げ》にされて、メガネを壊されても怒りもせず、「きみは元気が取り柄やもんなぁ」が口癖の、情けないほど頼りなくてお人好《ひとよ》しで、それなのにいつも廉を気にかけてくれていたその顔が悲しみに歪んだ瞬間、戦意は一発で萎えてしまった。

「…カタギ殴ってもしゃーないわ」

「カタギ？　お前、一丁前にヤの字にでもなったつもりか」

森山に笑い飛ばされ、廉は黙って拳を下ろした。

ここで教師を殴っても、もう廉を待つ教室はない。廉の席は存在しないのだ。永久に。

もう二度と戻れない。こちら側の世界には。

廉は背筋を伸ばし、森山と平町を交互に見た。泣きはしないが、人並みに郷愁は感じた。

「いままでご迷惑をおかけしました。大変お世話になりましたっ」

深々と頭を下げると、ふたりが目を丸くした。その顔を見届け、踵を返し、学舎に背を向けて、来た校庭を逆戻りしたとき。

正門から三時の方角、体育館の陰になっている北門から視線を感じて首を回した。

立っていたのは、雅也だった。

雅也は漆黒のドゥカティに凭れ、この暑さの中、漆黒のライダースーツに身を包んでいた。

真っ昼間からこのスタイルは、雅也も学生ではなくなったということか。一年留年して、廉と同じ学年だった。廉以外の誰もが雅也を恐れていた。愉快だったが……寂しさもあった。

「…しゃーないわのぅ。好き放題暴れとった罰やな、俺ら」

廉は苦笑を漏らし、ショルダーバッグを肩に担いだ。

自分で蒔《ま》いた種だ。その程度にしか種は育たず、実も花もつけなかった。教員たちのせいではない。自分が自分に肥料を与えなかったせいだ。なにもかも自分のせいだ。

「やっとるヤツは、ちゃーんとコツコツやっとるんやもんなぁ」

呟きながら、廉の足は無意識に、洋平の待つ正門ではなく北門へと向かっていた。数メートルの距離を置いて立ち止まり、笑いかけた。

「なんで俺が登校するてわかったんや」

「ここか埠頭しか、共通点あらへんやろ」

答えにもならない返事をくれて、雅也が説明を付け足した。この前の別れ方が気になってな…と。そして、廉の耳に向かって顎をしゃくった。

「どないした、左耳。でっかいガーゼ貼りつけて」

左、と指摘されて思いだした。九堂も左耳が半分ない。どこまでも九堂は廉と対でありたいらしい。理解しかねる執着だ。

「ちょい風呂場でコケてしもた」

ウソだと雅也は見抜いただろうに、だがそれ以上はなにも訊《き》かず、ヘルメットを投げてよこした。なんや、と訊くと、なんやはないやろと笑われた。

「時間あんのやろ。遊びにいこ」

「正門に車待たしとんねん」

「待たしとけよ、そんなもん」

チッと雅也が舌打ちした。ノリの悪さを咎《とが》められた気がして、廉は手の中のヘルメットに目を落とし、弁解した。

「そういうわけにはいかんわ。俺がおらんようになると、あちこちに迷惑かけてまう」

「ほんなら授業が終わる時間に、ここへまた戻ってきたらええやんけ。な？」

顔を覗《のぞ》きこまれ、笑顔で同意を促されて、それもそうだと納得した。それに、いま正門へ戻ったところで、洋平が本当に待っている確率はゼロに近い。いくら忠誠心を滾《たぎ》らせている洋平でも、この炎天下に、授業が終わる時間まで正門に張りついていられるとは思えない。おそらくパチンコか競馬場《けいば》で時間を潰しているだろう。

「……ほな、三時過ぎに戻れるんやったら」

渋々ではない。少しばかり心を弾ませて、廉は数回頷いた。よし、と雅也が破顔する。その顔を見ただけで、やはり心が跳ねてしまう。

「予備のメット、フルフェイスやのうてよかったわ。耳、痛かったらメットは背中にぶら下げとけよ」

おおきにと笑い返し、バイクの後ろに跨がった。学校指定のショルダーバッグは、体育館脇の植木に向かって、勢いよく投げ捨てた。どうせなにも入っていない。もう二度と使うこともない。

紺色に統一された、安っぽい生地のショルダーバッグ。校章の印刷も擦り切れた、あの不格好でセンスゼロで、それでもなぜか肩にかけると安心できた学生の証。

あれに守られ、あれをぶら下げて歩く日は、もうこの先、一生ない。


バイクで走るのは久しぶりだ。

逞《たくま》しい雅也の腰に腕を回し、広い背中に身を預けて風を切る。

どこ行きたい！　と大声で問われ、岩城の目の届かんとこやったら、どこでもええ！　と返した。大きく頷いた雅也がマシンを傾け、国道を左折する。

まだ真夏の景色を描く空を背負ったまま、雅也の駆るドゥカティは一気に大阪を抜けた。

給油の度に、どこへ向かっているのかを雅也に尋ねた。

「海や」という以外、まともな回答を得られないまま二時間半を費やして辿り着いた先には、眩《まぶ》しいほどの砂浜が眼前に広がっていた。

浜と海の境界線が、伸びやかな弧を描いている。海の色は真っ青だ。浜の白さが、そう錯覚させるのかもしれない。

「ここ、白浜《しらはま》か」

「おお。覚えとるか？　前に堕悪のメンバーで、ドラッグ・パーティーかました場所や」

「ああ…よう覚えとる。お前の叔母ちゃんが経営しとったボロ民宿な。三部屋しかない言うてんのに、三十人で上がりこんで…」

「そうそう。叔母ちゃん、俺らの格好に驚いて、血相変えて逃げていきよった」

ふたりして笑いながら、堤防をスロースピードで南下した。

この付近一帯は、全国的に有名な温泉地だ。もう少し先へ行くと、東尋坊《とうじんぼう》に次ぐ自殺の名所と名高い、断崖絶壁が聳《そび》えている。その三段壁の下には、荒々しい波に削られた洞窟がある。強い風が吹くたび、オオォォ…と恐ろしげな音が響くため、この付近に住む子供たちは、洞窟には魔物がいると本気で信じていたという。そこは普段から波が高く、落ちれば命はないと誰の目にも明らかな、気味の悪い場所でもある。

強い風が吹いている。見れば、到着して五分と経っていないのに波が荒くなったような気がする。ふいに洞窟の唸《うな》りが聞こえたような気がして、廉は雅也に呼びかけた。

「おい雅也。なんや天気、怪しないか？」

「おお、台風来とるらしいのぅ。まぁ、上陸してもすぐ抜けてくやろ」

あっさり躱《かわ》されてしまった。帰りの心配をしているのは廉だけのようだ。

ガソリン補給を繰り返してはウンウン唸りっぱなしだったマシンのエンジンが、ようやく止まった。浜辺に人影はない。夏休みを過ぎた海は観光客の足も遠のくようだ。

「…えらい遠くまで来たのぅ」

あかんか？　と訊かれ、苦笑だけを無言で返した。来たばかりで帰りの心配をして、待っている人間の気持ちを案じて、いまを楽しむことも出来ずに戸惑っている。自分はいつから、こんな「みみっちい」人間になったのだろう。

風が強くなってきた。湿気を含んだ重い風が、廉の髪を荒っぽく乱す。顔にかかる銀髪を払いながら、ふいに雅也が提案した。

「この風では、バイクで走ってもおもろないわ。今日は叔母ちゃんの民宿に一泊しよ」

「一泊？」

反射的に訊き返すと、雅也が眉を跳ねあげた。

「なんや。泊まりはあかんのか」

あかんっちゅうか……と口ごもると、雅也がバカにしたように肩を揺らした。

「なんやわれ、門限とか言うなよ？」

「門限ちゃうけど、三時には学校へ戻らなあかん……て、俺、最初に言うたよな？」

「言うたけど、しゃあないやんけ。天気には勝てんわ」

いまごろ岩城の屋敷では、組長が消えたと右往左往しているだろう。広島にいる九堂の耳にも、組長失踪の一報が届いたかもしれない。洋平は、なんらかの処罰を受けたのだろうか。泊まりはマズイと焦燥するかたわら、帰宅するのが煩《わずら》わしい。あれほど楽しみにしていた復学の道を絶たれたことで、気力の低下が著しい。一秒でも早く戻らなくては組に迷惑をかける、心配の種を増やしてしまうとわかっているのに、戻れば二度と自由はない。その現実を受け入れ難《がた》く、いたずらに時間を費やしてしまう。

ふいに、雅也に腰を抱かれた。ごく自然に抱きよせられ、顎を捕らえられた。懐かしい性戯の履歴が、雅也の目の奥に見え隠れする。

「俺が助けたろか、廉」

「助ける…？」

「お前、あの九堂とかいう化けモンに脅されてんのやろ。前に連絡してきたよな。このままでは殺される、助けてくれて。そやで、俺が助けたる。逃がしたる。あの屋敷から」

力強い言葉を吐きだしながら、雄々しい顔が被《かぶ》さってきた。優しく戯《たわむ》れていた唇が、やがて荒々しく廉を貪り始める。

唾液の音が生々しい。九堂に見られたら今度こそ殺される。わかっているのに逃げてしまう。現実から。現実が、非現実を遥かに凌《しの》ぐ強大さで廉の前に立ちはだかるから。

ふいに頬のあたりが濡《ぬ》れた気がした。雅也の涙かと一瞬驚いたものの、空から降ってきたとすぐに理解した。海面の上空に、厚い黒雲が垂れこめている。

「雨降ってきたぞ、雅也」

唇を離して言うと、えらい急やな、と雅也が眉を寄せて空を仰いだ。あっという間に土砂降りになり、足元で大粒の雫が跳ねて飛ぶ。皮膚を叩かれ、痛みが走る。それほど急激な天候の変化だった。

「こらあかん。ゲリラ豪雨や」

雅也が口早に言い、廉の手を引いた。民宿行くで、と。

まだ躊躇する廉の腰に腕を回し、雅也が易々と抱えあげる。

「ちょっと待ってくれ、雅也。組に連絡だけさしてくれ」

「連絡とってどないすんねん。潜伏場所ばれてまうやんけ」

「潜伏て……。一回電話だけさしてくれ。俺、携帯持たしてもろてへんねん」

「そやったら、わざわざ連絡せんでええやんけ。持たせんお前らが悪い！　で済むこっちゃ」

早口で言った雅也が、廉を強引にバイクに載せる。廉を抱えるようにしてうしろに跨がり、アクセルを全開にした。

三段壁を右方に臨む民宿に、人の気配はない。

前には数台ほど軽トラックが停《と》まっていたが、それもない。がらんとしている。玄関に立てかけられた木の板には、民宿の名前が書かれているが、汚れと日焼けでまったく読めない。

「…えらい雰囲気変わったな」

他に例えようがなくて、廉は遠慮がちに呟いた。なぜか雅也に対しては、いちいち言葉を選んでしまう。これが九堂相手なら、「潰れたんちゃうか」と歯に衣着せず言えるものを。

雅也とは、暴行現場から救出された末の恋から始まった。九堂とは、拉致監禁の敵対関係から始まった。その違いだとしたら、人の心は不思議なものだ。

「お前の叔母ちゃん、留守か?」

「留守っちゅうか、じつはここ、もう人手に渡ったんや」

「人のもんか。そやのに俺らが勝手に使《つこ》て大丈夫なんか?」

「かまへんかまへん」

軽く流し、狭い軒に雅也が愛車を立てかけた。カバーも掛けずに玄関へと足を急がせる雅也に、廉は注意を促した。

「おい、バイクびしょ濡れやぞ」

「ああ、かまへん。近々新しいの買うねん。今度はハーレーやで」

「ハーレー?　お前、そんな金どこにあんねん」

「まあ、いろいろな」

適当な相づちをくれて、雅也が廉の手を引いた。見ると手首で光っているのは見慣れた安物ではなく、金のロレックスだ。岩城の幹部連中も填《は》めている高級ブランド品だが、およそ雅也には似合わない。

なにかが違う。廉の知っている雅也ではない。なぜならこのドゥカティは雅也の分身のはずだった。そう言ったのは雅也自身だ。引越のバイトでコツコツ貯《た》めて買ったコイツは、廉でさえ適《かな》わないほど雅也から愛されていた。

部屋は散らかし放題の雅也が、ドゥカティだけは舐めたかのように、いつもピカピカに磨いていた。乗ったあとは必ずカバーをかけて夜露から守り、心の底から大切にしているのが傍目《はため》にもよくわかった。堕悪のメンバーが少しでも触ろうものなら、容赦なく相手の胸ぐらを吊りあげるほど惚れこんでいるマシンだった。

「……雅也」

「ああ?」

近いのに、遠い。意思の疎通に微妙なタイムラグがある。雅也の返事が遙か彼方から飛んでくるような気がする。

「お前、なんぞ悪い商売してんの違うか」

「はぁ?　人聞きの悪いこと言うなや。いままでどおりバイトの掛け持ちじゃ」

雅也がククッと鼻を揺らした。豪快な雅也には、およそ似合わぬ高慢な笑い方。なにかが妙だとは思うものの、その不審の形が明確にならない。

雅也が玄関の戸に手をかけた。施錠されているかと思ったのに、易々とそれは横へ動いた。

「鍵かかってへんわ。不用心やのう」

わざと大声を放ったのは、誰もいないことを確かめるためか。ズカズカと大股で踏み入った雅也が、ハーフブーツを脱いで上がりこむ。

「風呂使わしてもらお。水道もガスも、まだ通っとるで安心せえ」

「なんで、そんなこと知っとんねん」

何気ない質問に、一瞬雅也が足を止めて——振り向きもせず説明をくれた。

「……人手には渡ったけど、設備はそのまんま使えるて聞いたんや。なんや、またそのまま名前変えて、民宿始めるつもりなんちゃうか？」

ふぅん、と相槌《あいづち》は打ったものの、説明のつかない些細《ささい》な違和感が残った。

「それより雅也、やっぱり先に、岩城の屋敷に連絡だけ…」

させてくれへんか、と言おうとしたのに、雅也はさっさと脱衣所に入り、服を脱ぎ始めてしまった。

「なぁ雅也、俺の話を…」

「着いた早々帰りの心配すなよ！　おもろないのぅ！」

声を荒らげて、雅也が振り向く。明らかに雅也は苛立《いらだ》っていた。

「時間やったら、まだ充分あるやんけ！　帰れんようになったら、そんとき連絡入れたらええん違うんか！」

せっかく連れてきてくれたのに。久しぶりの自由なのに。やっと雅也とゆっくり話ができるのに。確かに、廉の煮え切らない態度は、自分でもイライラするほど度が過ぎている。

「……そやな。そうするわ」

ごめんな、と小声で言うと、雅也が目を吊りあげたまま服を脱ぎ捨てた。続いて、廉も裸になった。視線を感じて隣を見れば、ぽかんと口を開けている。

「…なに見とんねん」

「廉。お前、刺青彫ったんか」

息を呑む雅也に、今度は廉が苛立った。

「彫ったらあかんのか」

興味本位の視線を無視して、さっさと浴場に進んだ。雅也が黙って後に続く。

シャワーの栓を全開にすると、冷たい水が勢いよく噴きだした。

「あかん、水や！」

「さぶっ！　めっちゃさぶい！　雅也、早よ湯にしてくれ～！」

「湯ぅ出る前に風邪ひくわ！」

「そやで早よせえ言うてるやん」

寒い寒いと言いながら抱きあって、互いの体を温めあって、ああでもない、こうでもないと騒ぎながら出したお湯は熱すぎて、久しぶりに爆笑した。

身を折って笑い転げながら、互いにシャワーをかけあった。


「さすが民宿や。タオルも浴衣もみな揃《そろ》っとるわ」

雅也が棚からタオルを引っ張りだし、投げてよこした。廉は適度に温まった体を新しいそれで拭い、浴衣を身につけた。帯を締めて体裁を整え、濡れた髪をタオルで拭う。

雅也がこちらをジッと見ている。熱い双眸は、もちろんそういう感情を宿している。


「部屋で休もか」

低い声で囁かれ、指に指を絡められ、そっと促された。

廉はなにも言わなかった。導かれるままに軋む階段を上がり、以前にも泊まった覚えのある、湿った汗の臭いがこびりついた薄暗い二階へ進む。

雅也に案内されたのは、六畳間に濡れ縁付きの、一般的な和室だ。隣室とは襖《ふすま》で仕切られているが、確か二間続きになっていて、襖を外せば宴会場として使用できたと記憶している。

雅也が濡れ縁のカーテンを開けた。ガラス窓に、横殴りの雨がぶつかっている。窓辺に近よって荒れる海へ視線を投じると、土砂降りの雨が海面を叩いていた。海岸線沿いの堤防を、一台の軽トラックがスピードを落として走っている。消波《しょうは》ブロックにぶつかった波が大きく砕け、軽トラックの荷台に飛びこむ。空も海も、すっかり灰色に変わってしまった。

「今日はもう、帰るのは無理か」

「お前、そうも帰りたいんか？」

「訊くな。いまの俺に意志はない」

「虚しい人生やのう」

「おお。めっちゃ虚しいわ」

苦笑して肩を竦めると、雅也が背後に身を寄せてきた。そっと肩に両手を載せられ、ピクリと身震いした。掠れ声が廉の鼓膜を震わせる。

「淋しいんやったら、慰めたるで？」

返事より早く抱き竦められ、畳に戻され、倒されていた。上から体を重ねられ、ほどよい圧力で唇を封じられた。

「久々やな、廉」

廉の歯列をなぞった舌が、耳朶におよび、耳の穴にまで潜入した。廉の体は雅也の舌の弾力を、いまだ覚えているらしい。無条件に反応する神経が、四肢を妖しく火照《ほて》らせる。

ぴったりと塞がれていた唇の奥、やや乱暴に舌を押しこまれた。掬うようにして誘いだされた肉片は、ここぞとばかりに激しく吸われた。

拒まなければと思う反面、体が抵抗を躊躇する。それなのに、懐かしさよりも侘《わ》びしさばかりが募るのはなぜだ。

雅也の手が、廉の下身を探っている。浴衣の前を割った手で、剥きだしの腿を撫でてくる。無意識に腰が浮き、勝手に足が開いてゆく。すかさず雅也が内腿に手を滑りこませ、廉の柔らかい部分を揉むようにして撫で始めた。際どい部分への接触に、期待がわずかに先走る。

ふと雅也が手を止めた。廉の太腿《ふともも》の、火傷の跡に目を見開く。

「髑髏《どくろ》、どないした。俺と揃いのタトゥーがあったやろ、ここに。消したんか」

「九堂に焼かれた」

「……あの鬼畜！」

雅也が歯を剥き、目を吊りあげる。廉の腿の火傷をいたわるように撫でながら、慰めるように首筋へのキスを施してくれる。

されるがままになりながら、廉の心は別の空間に彷徨《さまよ》っていた。

応えるつもりもないくせに、雅也についてきた後ろめたさ。そして、おそらく定刻までに戻れない焦燥と後悔。

このうえ組の幹部らに相談もなく外泊したとなれば、岩城の元締め、大藪会が黙ってはいない。九堂に続いて組長の不祥事で、岩城の存続問題に発展するかもしれない。

「俺、こんなとこで、なにしてんのやろな…」

なにをしているのだろう、自分は。いま、こんな場所で、岩城から逃げて。

すべては己の青さのせいだ。

思考を巡らせている間にも、廉は雅也によって俯せにされていた。腰だけを上げさせられて、浴衣をめくりあげられていた。それでもまだ足りないのか、雅也は廉の衿元をつかみ、手荒に背中まではだけさせ、刺青をも露わにした。

若い背中に咲き乱れる、鮮血の曼珠沙華。裂かれた人肉のごとき妖しい色に、雅也が声を震わせる。

「なんちゅう艶めかしさや。ゾクゾクするわ。こんな刺青、見たことないで……」

雅也が何度も生唾を呑む。紋様に触れられかけて、廉は反射的にそれを拒んだ。

「見んのは構へんけど、触らんといてくれ」

「なんでや」

「頼む」

理由不明の懇願は、まぁええわ、で見逃された。

両手にペッと唾をつけ、雅也が自身の陰茎を扱く。急《せ》くように廉の尻を探り、乱暴に肛門を指で広げると、前戯もなく唐突に押しこんできた。

「く……ぅっ」

反動で、廉の頬が畳で擦れる。だが雅也は構わず突きあげてくる。

「おぉ、おぉ！　やっぱエエのう！　われのケツは最高やで！」

背後で雅也が雄叫《おたけ》びを上げる。廉は目を閉じ、歯を食いしばり、ひたすら雅也が果てるのを待った。

雅也との性交は、おそらくこれが最後になる。この肉体に、未練は微塵も残っていない。昔の男と肉体を交えて、つくづく納得した。この体は、もはや廉本人ですら安易に触れてはならないものを背負っているのだと。

九堂と対《つい》の曼珠沙華。他の男に触らせることは、九堂自身や岩城組をも凌辱《りょうじょく》することに他ならない。

これがあるかぎり、廉は九堂と同体だ。骨の髄まで岩城の人間。迷う権利すらなかったのだ。

そう納得することは、意外にも淋しくはなかった。初めからわかっていたはずの答えを、阿呆な自分に叩きつける。これは、その道程だったのだ。

「廉、お前も感じるやろ。な？」

気づかぬ雅也。それだけが哀《かな》しい。

雅也のペニスが往復しても、なんの感情も欲情も湧かない。なぜなら廉は、もっと猥雑《わいざつ》で猛々《たけだけ》しく、果てしなく強固で熱い九堂の陰茎を知ってしまったから。廉の腸壁も内臓も骨も、悲鳴までもを焼き尽くす、あの獣の情を一身に受けているから。

どんなに雅也から施されても、快感が訪れる兆しはない。もう雅也では、この体が納得しない。いまの廉を九堂が見たら、それみたことかと嗤うだろう。

先刻の雅也との再会で九堂が激高した理由は、廉の心が揺れたからだ。心が揺れさえしなければ、廉が誰に抱かれようと、九堂はおそらく鼻にも掛けない。

もう、雅也とは生きられない。九堂了司しかいないのだ。自分には。

時期さえくれば、世間を堂々と闊歩《かっぽ》できる。ただ、いまはその時期ではない。蘇我の残党を始末するまで外には出るなと、九堂はそう言ったに過ぎない。

それを抑圧だと決めつけ、一方的だと罵《ののし》った。組長としての自信のなさが、廉自身の若さが、幼稚さが、九堂を「敵」だと決めつけてしまった。

自分には忍耐が、思慮が足りない。経験が足りない。知識が、知恵が、力が足りない。

「クソガキや、俺は……」

俺はガキだ。まだまだだ。到底九堂には及ばない。雅也に突きあげられながら、廉は後悔の念を吐き続けた。

「おお……ええのぅ！　ええのぅ、廉！　なんやこれ、吸盤みたいに吸いついてきよる！」

「人をタコみたいに言うなや…」

「タコより凄いわ。ほんまもんのタコ壺じゃ！」

はしゃぐ雅也に苦笑いしつつ、廉は腰を捧げ続けた。

逃げてみて、よくわかった。これでホトホト身に沁《し》みた。そこまでして、自由が欲しかったわけじゃなかったのだ、と。

反発するふりで挑発していたに過ぎないのだ。あの獣を怒らせ、牙を剥かせ、心身共に陵辱されたい、繋がっていたい。そんな言葉では到底足りない強烈な絆《きずな》を求めていたのだ。

子分たちの前では立場をわきまえる九堂をヨシとしながらも、廉自身でさえ気づかぬ内面の奥深くで、場所も時間も人目も憚《はばか》らず九堂に塗れることに飢えていたのだ。だからわざと突き放し、九堂など不要だと言い放ち、あれの逆上を煽《あお》ったのだ。

煽れば煽るほど、九堂の情が異常さを増すとわかっていたから。その異常こそを廉は心から欲していたから。

岩城の組長となった瞬間から、見ず知らずの他人に命を狙われる運命を背負った。その理不尽な絶望を遠ざけるには、それを超えるなにかを一身に浴びるしか手はなかった。運命を背負う決心がついたのは、そこに、九堂がいたからだ。

雅也が弾けた。生ぬるい精液が身の内に広がる。廉の股間が生理的な反射で収縮した。それを快感ゆえの締めつけと勘違いした雅也が、感極まって廉の名を何度も呼ぶ。

ヌルン、とペニスが抜け落ち、雅也が離れた。同時に背中が軽くなり、廉は畳に突っ伏した。尻の穴から男の精液を垂れ流している廉を眺めて、たまらんのぅ…と雅也が呟く。

「久々にええ思いさしてもろたわ」

剥きだしの廉の尻を撫で回しながら、雅也が薄笑いを響かせた。

「こんなええモンを、いまから蘇我の兄さんらに渡さんならんとは、勿体ないのぅ」

「……え？」

廉は耳を疑った。首を回して雅也を見あげた。

雅也は嗤っていた。嗤ったまま廉の両手首に浴衣の帯を巻きつけていた。とっさに解《ほど》こうとしたものの、逆に力で引き倒され、俯せの格好で柱に括《くく》りつけられてしまった。

「なんのマネや、雅也！」

「堪忍なぁ、廉」

薄っぺらい謝罪。薄っぺらい笑み。廉の胸中に不可解な怒りが生じる。旧友の変貌を解《げ》せぬまま、体を拘束される不快。

おまけに雅也は、岩城組が滅ぼしたはずの蘇我を「兄さん」と呼んだ。

「どういうことや雅也、説明せぇ！」

「ああ、じつは俺なぁ、蘇我の盃受けることになったんや」

「…ッ！」

想像も及ばぬ現実を、雅也が平然と口にする。

「ここの民宿の叔母ちゃんなぁ、腰悪うして働けんようになってしもてなぁ。それで蘇我の親父さんが、保養所代わりに買い取ってくれるっちゅう話になってたんや。そやのにお前ら岩城組が、親父さんを殺ってしもたやろ。あれで叔母ちゃん、食い物も買えん、薬も買えんで困り果ててのう。そこの三段壁から身ィ投げよった」

立ちあがった雅也が、廉の腰に足を載せ、転がす。体勢を崩した廉の腹を踏みつけて、下卑《げび》た視線で廉を見る。

「…岩城と蘇我が犬猿の仲や言うのは、前々から知ってたで。せやから俺は岩城をバックに抱えとる瑛堕やのうて、堕悪に就いたんや。…それがまさか瑛やのうて、お前が岩城の組長になってまうとはのぅ。ほんま、運命は残酷やで」

ニィ…と不気味な笑いを浮かべて、雅也が続ける。

「お前んとこのドアホが散弾銃ぶっ放しよったおかげで、蘇我の兄さんらも散り散りバラバラ。ひとまずここを拠点にしてもろて、立て直しを図っとった言うわけや」

「拠点て……お前が荷担《かたん》したんか、雅也!」

「荷担? 難しい言葉使うなや。世話しただけじゃ。…岩城の三代目とは恋仲やったと説明したら、ごっつう喜ばれてのぅ。まぁ、俺も叔母ちゃんには世話になったし、兄さんらもたんまり報酬弾んでくれるっちゅうし。そういうことなら仕方ないやろ」

雅也が足元にしゃがみこんだ。廉の膝を強引に割り、脚の間を指で嬲りながらほくそ笑む。

「岩城を潰すんやったら、組長がまともに機能してへん今がチャンスや言うての。実質、岩城のトップは若頭の九堂や。…あの化けもん、お前にベタ惚れらしいやないか。お前さえ手に入れたら、もう勝敗は目に見えとるで」

恋人ごっこ、久しぶりに楽しかったで――――そう言って、雅也が嗤った。

いきなりの閃光《せんこう》。上空に稲妻が走る。雅也の銀髪が光を弾く。

激しい雨。高波が砕ける音がする。洞窟に強風が吹きこむたび、恐ろしい音があたりに響き、安普請《やすぶしん》の建物をガタガタと揺らす。

「兄さん！　約束の貢ぎもんでっせ！」

雅也が声を張りあげた。直後、二間続きの襖が勢いよく開かれた。

「……ッ！」

いつからそこに控えていたのか。

男たちが、一斉に立ちあがった。

「ようやったな、雅也」

「これでお前も蘇我の一員やのぉ」

獣の姿勢で拘束されている廉を取り囲み、男たちが下衆《げす》な笑いを顔に刷く。

この期に及んで、まだ廉は状況を把握できずにいた。雅也が廉を陥れるなど、どうあっても信じられなかった。

だが、これこそが現実だ。雅也は友情を捨てたのだ。

裏切り者が廉の刺青を撫で回し、言い放った。

「さぁ兄さんら。極上の獲物です。お好きに料理したってください‼」

廉は男たちに押さえつけられ、尻にゴム管を挿入された。ポンプから押しだされた冷たい液体が、一気に注入される。納まりきらずに溢れた液体は、男たちのいやらしい手で前後の陰部に擦りこまれた。

廉から手を離し、男たちが唇を歪める。

「フェロモン注射っちゅうやっちゃ。発情期の雌犬は、こいつをマンコからプンプン臭わせて雄犬を誘惑するらしいで」

「われもあの九堂を、これで堕《お》としよったんやろ。おお？　どやねん」

下品な笑いが渦を巻く。液体を含まされてどっしりと重くなった下腹部の不快に耐えつつ、廉は身を捩って雅也を睨んだ。

「雅也、われ、覚えとけ……っ」

「負け犬の遠吠えは、聞こえんなぁ」

耳の穴に指を突っこんで、雅也がおどける。蘇我の連中が爆笑する。

廉は自分を激しく恥じた。この程度の男の正体を見抜けなかった自分が許せない。

「あぁそや。岩城のアホどもが心配しとるといかん思て、兄さんらが連絡入れてくれたそやで。あんたらの組長さんは、わしら蘇我組が手厚ぅもてなしとります、てな」

「な……っ！」

立ちあがろうとしたが、柱にしっかりと縛りつけられている腕がまったく動かず、バランスが保てない。すぐに膝から崩れてしまう。

「怒った岩城のアホ共は、なんや見当違いの場所を探し回っとるらしいぞ。組長を出せ言うて、カタギの店をブッ潰して、とうとうポリさん出動や。公僕の岩城潰しが始まるのも時間の問題ですのぅ、三代目さんよ！」

「九堂が留守では、しゃーないわな。こんなクソガキに、血の気の多いもんは操れまへんで」

「岩城が自滅するまで、ここで俺らとゆっくり遊びましょ。のぅ、組長さんよ」

誰かが言った。「そろそろ主役を連れてこい」と。

それは古い階段をガツ、ガツ、と爪で抉りながら、三人の男たちに手綱を引かれ、息を荒らげて上ってきた。

廉は悲鳴を呑みこんだ。

四つん這いにさせられている廉よりも二回りは大きな獣が、大きく裂けた口から黒い歯茎と牙を覗かせ、ヨダレをボタボタと落としていたのだ。

廉は後ずさりした。だが両腕は柱に抱きつく格好で戒められている。この一本の柱以外に、身を隠す場所はない。

「コイツな、竜神丸《りゅうじんまる》言うねん。ウチの組のもんが飼《こ》うとる闘犬や。飼い主に似て気性が荒《あろ》うてのぉ」

土佐《とさ》犬の首から前足にかけて繋げた太い綱を、大の男が三人がかりで引っ張り、やっとバランスを保っている。それほど土佐犬の力が強いのだ。

「この凶悪な顔つき見たってくれよ。ここにおる全員、噛み殺されてもおかしないで」

「和歌山で一、二を争う横綱やったんやけどな、ちょい獰猛すぎてのぅ。相手の犬を噛み殺すついでに飼い主の腕まで食いちぎってしもて、闘犬界から追放されたばっかやねん。のう竜神丸…っとっと、そない興奮せんといてくれよ」

竜神丸と呼ばれた闘犬は、太い四つ足の爪を畳に深々と食いこませ、手綱をピンと張り、廉だけを凝視していた。醜く潰れたどす黒い鼻を厭らしくひくつかせ、一層激しく濃い唾液を滴らせる。

残酷な説明を、雅也がくれる。

「どうやらこいつ、いま発情期らしいねん。交尾の最中に雌犬をやり殺してまうほどごっつい逸物でなぁ。やらしてくれる雌がおらんせいで、溜まりまくりっちゅう話や。どや、廉。お前、一発相手したってくれよ」

視界が一瞬、闇に落ちた。どうしても理解したくなかった。

「どうせ毎晩、九堂に尻振ってんのやろ。あ？　獣姦趣味のお前には、ちょうどええパート

ナーやないか」

「ひ……ッ」

反射的に、廉は柱にしがみついた。雅也の仕打ちに心臓が戦慄《わなな》く。逃げようとする足が、畳を虚しく削る。戒めを解こうとする手首に、無情にも紐《ひも》が食いこんでゆく！

「か……勘弁、して、くれ…っ」

「遠慮すな。毎度のことやろが」

「い、いやや、いややっ！」

廉が恐怖に身震いするたび、体内に仕込まれたエサが発香し、無情にも獣を誘惑する。

犬の目つきは尋常ではなかった。ギラギラとぬめりを帯びて光り、歯の間から長すぎる舌をだらしなく垂らしている。目の前の廉を、交尾の対象として欲しているのだ！

「いやや……、いやや‼」

「連れないこと言うたるなよ。のぉ竜神丸」

犬には同情するくせに、廉には情をかけてくれない無慈悲な雅也が、あのなぁ…と廉を見おろす。

「俺らなぁ、金いるねん。再結成には、まとまった資金が必要やねん。モノホンの獣姦ビデオで稼がしてくれや。よう売れんねん、こういうの。百万出してでも見たいっちゅう変態が、ちゃーんと存在してんねん、世の中には。岩城組にも、こんなん出来ましたーいうてデータ送ったるから安心せぇ」

突然の落雷。凄まじい震動。雅也のセリフがかき消される。

鼓膜が破れるような轟音《ごうおん》の直後、ふいに視力が途切れた。停電だ。

禍々《まがまが》しい闇が廉を包む。残酷な嗤いと獣の匂いが、かび臭い部屋に充満する。

闇に紛れて、誰かが言った。

「竜神丸よ。最高級の雌犬やで――――」

閃光が、獣の肥大した陰茎を浮き彫りにした。

その直後、獣が畳を蹴り、飛びかかってきた。廉は目を剥いて絶叫した。

異様に醜く、異常に太い。グロテスクさに耐えきれず、狂ったように喚《わめ》き散らした。

逃げ惑う廉の背中に、尻に、腿に、獣がそれをぶつけてくる。どんなに廉が獣の腹を蹴りあげても、獣は挿入に執念を燃やし、一刻も早く目の前の雌犬と結合せんとして、廉の腰に爪を食いこませ、浴衣を食い破り、目的の場所を求めてくる。

廉は泣いた。号泣した。気が動転し、獣相手にわけのわからないことを叫び続けた。

獣が股間に顔面を押しつけてくる。ザラついた舌で執拗に舐めしゃぶる。舌が腹に及び、胸に届き、首筋に巻きつく。獣の唾液が廉の顔面にボタボタと飛び散る。

人より巨大で頑丈な生き物が、とてつもない力で廉の脚を開かせる。

「ヒイィィ、ヒイィ、ヒイィ――――…!」

おぞましさに、正気を失いそうだった。
いや――もう、とっくに廉は、狂気に墜ちていたのかもしれない。

蘇我の男たちの顔から、いつしか笑いは消えていた。

ビデオカメラを構えていたはずの男の手は、宙で硬直したままだった。目の前で繰り広げられている陰惨なショーに、少しは人間らしい同情を寄せてくれたのだろうか。

雅也の顔も蒼白《そうはく》だった。目を剥き、半開きの唇を震わせている。

人間たちの思いなど知らず、廉の腰にガッシリと前足を巻きつけた竜神丸は、忙《せわ》しなく腰を突きあげていた。人間では決してあり得ないほど巨大で獰猛なものを、ひたすら無心に出し入れしていた。

よほど具合がいいらしい。竜神丸は焼けつく砲弾を廉に浴びせたあとも、まだ挿入体勢を堅持しており、微塵も衰える気配なく性交に耽《ふけ》っている。ハッハッ、ハッハッと興奮の息を吐き、粘ついた唾液で廉の刺青を穢《けが》し、首筋を執拗に舐めねぶり、残酷な音をたてながら腰を振り続けている。

廉は嘔吐を繰り返しながら、掠れた悲鳴を放ち続けた。それなのに、どうしてだろう。無意識に腰が揺れている。畜生に肉体を汚されながら、いやらしくも感じている。

ときおり空に走る閃光が、人間と獣とのおぞましい交尾を男たちの目に焼きつける。男たちの驚愕の表情も浮き彫りになる。

獣が突きあげるたび、廉は血の混じった汚液を吐いた。獣が腰を退くごとに、肉が削れて鮮血が飛んだ。

やつらがおじけづいている。それが廉には誇らしかった。

自分はきっと、永くない。五体満足で九堂に会う日は、おそらく、もうないだろう。

死ぬことは怖くない。ただ、こんな形で九堂と分かたれてしまうことだけが切なかった。

だから、たまらなく嬉しいのだ。九堂に匹敵する太さ、九堂そっくりの熱さ、激しさ、険しさ、その暴力性。並の人間相手では得られない、廉だけが知る悦びだ。それを全身全霊に浴びながら逝けるのだから。

「お……おおぉ、おあ…あぁっ！」

蘇我の男たちが冷や汗を拭い、生唾を呑む。廉は笑った。穿たれながら。

自尊心など一片たりとも残ってはいない。そんなものが残っていたら、いまこの瞬間にも舌を噛みきって自害している。

恐れはしない。これは、九堂だから。

だから決して、苦痛ではない。

「九堂、くど…う…っ、あぁぁ、九堂ぉ…っ」

愛しい男の名を呼ぶたび、笑みの形の唇から、血の混じった唾液が気泡になって噴きだす。

男たちが半歩下がる。だから廉は、長い陰茎を腹に収めたまま身を捻って仰向けになり、足を大きく広げてやった。見たければ見るがいい。好きなだけ恐れるがいい。

雌犬の恍惚を嗅ぎ分けた竜神丸が、喜び勇んで全身を振る。あ、あ、あ、と絶え間ない快感の音色が、廉の唇から迸《ほとばし》る。

いまにも弾けそうだった。だから廉は男たちに手を差し伸べ、懇願した。

「なあ、頼む、手ェほどいて…チンチン触りたい、扱きたい、なあ頼む、触らして…っ」

廉の狂態を正気の沙汰ではないと判断したのか、それともただの同情か。ひとりが短刀をとりだした。交尾に耽る竜神丸を避けて廉の頭上に回りこみ、柱に括《くく》りつけた手枷《てかせ》を断ち切る。

自由になった手で、廉はすぐさま自分のペニスを握り、扱いた。

「はあぁぁぁぁ………ぁ…ぁ……ぁっ」

廉は放った。思いきり。腹や胸に散った蜜を、竜神丸が無心に舐める。廉の首筋や熟《う》れた乳首をやみくもに舌で愛撫しながら、産毛の生えた凶悪なペニスを、ズッチュズッチュと出し入れしている。粘膜を剥がす粗雑さで人間を掘り続ける陰茎。その先端は鏃《やじり》の形で肥大しており、大きく退くたび確実に内壁が削られる。

「九、堂…ぉっ」

まるで、九堂だ。あまりにも九堂に酷似している。

感極まって愛しいペニスを締めつけると、内側の粘膜が竜神丸と一体になった。人として、人ではないものに犯されて、もはや廉に理性はなかった。これでもまだ人として生きていこうとする気概は、もう、微塵も残っていない。

「はぁ……あ、あぁ、あぁ、ええ、めっちゃええ、も…たまらん、くど……あぁぁ、九堂、九堂、九堂おぉぉぉ…！」

なおも脚を開いて交尾を赦《ゆる》し、己を扱く廉の痴態から目を反らして、誰かが言った。やめさしたれ…と。

廉は首を振った。まだだ。まだ足りない。心臓を食い破られ、命尽きるまで続けてほしい。

「……もう、ええん違うか？」

「なんや気持ち悪ぅなってきたわ。もうええ。えげつないわ。勘弁したれや。な？」

「どのみち組長さんは、もう、使いもんにはならへんやろ」

手綱《たづな》の番をしていた男が無言で頷き、やめぃ、と竜神丸に命じた。だが竜神丸は廉に覆い被さったまま離れようとしない。こんな大きな図体《ずうたい》でありながら、キュウンキュウンと廉に向かって鼻を鳴らす始末だ。よほど好いてくれたらしい。

可愛いやつ。廉は竜神丸に微笑んだ。それでいい。好きなだけ犯せばいい。

痛みすら感じなくなってしまった肉体を、ゆっくり上下に動かした。再開と知って、竜神丸も身を揺さぶる。

「あ……っ」

ヒクン、と廉は痙攣し、たまらず胸を仰け反らせた。感じて仕方のない乳首を懸命にこすると、襞全体がジクジク疼いた。竜神丸のペニスが直腸で容積を増す。

「もっと強う、もっと、もっと……っ」

もっと続けろ。完全に息絶えるまで。

再び激しさを増した出し入れで、すでに肛門は裂け、粘膜は爛《ただ》れ、露出していた。それでも廉は竜神丸に身を委ねた。自分で自分を扱き、溢れる蜜を愛しい獣に舐めさせた。

反して、男たちの顔には焦りの色が浮いていた。岩城の三代目が完全に狂ったと思ったのだろう。残酷なショーを早々に終わらせるべく、手綱を強引に引いたのだ。

竜神丸の上体が廉から離れ、宙に浮く。懸命に抵抗する竜神丸を、男たちが五人がかりで諌《いさ》めようとやっきになる。

だが陰茎は、廉の肛門に埋まったまま抜ける気配がまったくない。人と犬との結合部分を、雅也がおぞましそうに盗み見ている。この男は、所詮この程度だ。

廉は雅也に微笑みかけた。ギョッと目を剥く雅也に向かって顎をしゃくり、人差し指でチョイチョイと招いてやった。

わざと口を半開きにし、濡れた舌先を見せつけて誘惑を仕掛ける。自分の親指をペニスに見立て、軽く先端を噛んでみせる。

「なんやわれ、雅也の息子しゃぶりたいんか！」

長く緊張を強《し》いられた反動か、男のひとりが突然笑った。だがその顔は強ばっている。されている廉よりも、見ている男たちのほうが精神的ダメージは大きかったのかもしれない。

「そんなら俺のをしゃぶれや。おお？」

「兄さん、やめたほうがええですよ」

「なんや雅也、お前、ホンマはコレにゾッコン違《ちゃ》うんか」

「そ…そんなことありませんて！　こんな…犬にでもハメさすようなえげつないヤツ、誰が！」

「そしたらいちいち口出すな！　黙って見とけや！」

やや青ざめている顔を、男が無理やり強気に変える。ファスナーをおろして性器を取りだし、廉の誘いに乗ろうとする。

完全ではないものの、男は勃起していた。早く、と言わんばかりに廉は自分の唇を舐め、男の股に手を伸ばすと、男は好色に唇を曲げ、廉の顔を跨いだ、その瞬間。

竜神丸が、男の頸部《けいぶ》に食いついた。

男たちが叫ぶ。惑《まど》う。手綱から手が離れ、竜神丸が暴れ狂う！

「があああ、ああっ、ぐあぁぁ……！」

噛まれた男が目を剥き、断末魔の声を放った。鈍い破裂音の直後、廉の視界が朱《あけ》に染まった。

竜神丸は激しく首を左右に振ると、男の後頭部を容赦なく食い破った。

誰がなにを叫んでいるのか、もはや聴き分けることは不可能だった。落雷の音か、絶叫なのか。男たちは瀕死の仲間を猛獣から救おうとは、していた。だが竜神丸は、どんなに周囲のものが男を救出しようとしても、決して牙を弛めなかった。

後頭部を食われた男はすでに絶命しており、頭蓋が露出していた。竜神丸が弾みをつけて男を振り回し、易々と遠くへ振り捨てる。竜神丸にとっては、その男は雌犬を横取りしようとした雄犬なのだ。戦いに敗れた憐れな雄犬は畳を横滑りし、壁にぶつかり、有り得ない形に身を折り曲げ、そのまま永遠に沈黙した。

唸り声ひとつ漏らさずに、竜神丸は男の息の根を止めた。そしてなにごともなかったかのように黙々と交尾を再開した。廉は一層淫らに腰を開き、褒美をたんまりくれてやった。

竜神丸が爆《は》ぜる。廉も同時に思うざま放った。竜神丸の濃い粘液を器官いっぱいに満たしながら、感極まって嬌声を放った。

ズルリ…と肉棒が抜ける。長すぎた交尾がようやく終わった。が、竜神丸は一向に廉から離れようとしない。

しどけなく開いた両足の付け根に、まだ淫猥《いんわい》な香りが残っているのだろう。鼻先を寄せた竜神丸が、廉の糜爛《びらん》を美味そうに舐めている。ザラついた舌先が襞を掘るようにして潜りこみ、熟れすぎて頼りない内側の粘膜を、執拗に舌で弄《いじ》ってくる。

こんなところまで九堂そっくりだ。廉は喜びに震えた。小刻みな疼きが治まらない。もう体が、疼いて疼いてどうしようもない。狂おしいほど九堂に会いたい。

舌が奥にまで伸びてくる。牙が下腹に刺さり、皮膚が破れたようだった。腸をじかに舐められて、濁った蜜が尿道を駆けあがるのがわかった。廉は腰を揺すりながら、腹部でヒクついている竜神丸の鼻先を撫でてやった。

堪能したのか、竜神丸が舌を退く。ドロリ…と唾液が糸を引いた。刺激が、摩擦が、肉の感触がたまらない。全身に鳥肌を立てながら、廉はまたしても噴きあげていた。

そして竜神丸は、廉の体に付着した血や体液を舐めて清めると、まるで廉を守るかのように、男たちとの間に立ちはだかったのだ。

唸り、牙を剥く竜神丸。気狂いや…と蘇我の連中が顔面に汗を滲ませる。廉は絶えだえの息を振り絞って吠えた。

「気狂い上等！　悔しかったらお前らも、畜生の一匹や二匹、穴ひとつで手なずけたらどや！」

この惨劇は、武器を持たない廉の賭けだったと、ようやく気づいた蘇我の男が、懐《ふところ》から匕首《あいくち》を取りだした。廉は鼻で嗤って言った。

「匕首と竜神丸。どっちがホンマモンの飛び道具か、戦う前からわかるやろ」

「畜生に言われとうないわッ！」

廉の忠告を無視した男が匕首を右手に持ち、竜神丸に狙いを定めた。

だが判断力も瞬発力も、竜神丸が上回っていた。男の攻撃を易々と躱した竜神丸は、体当たりと同時に男の腕に食らいついた。

「ぎゃあああ‼」

絶叫する男に構わず、竜神丸は男の腕を骨ごと砕いた。

仲間のひとりが慌てて懐から銃を取りだし、竜神丸の腹に弾をぶちこむ。竜神丸の脇腹から血飛沫があがる。

ドォッ…と崩れた竜神丸から、男は狙いを廉に移した。が、なにを思ったか銃を懐に戻すと、腕を食われた男が落とした匕首を拾いあげ、廉の鼻先に突きつけたのだ。怒りのあまり、自分の手で始末をつけないことには気が治まらないらしい。

「われ、ぶっ殺したるぞ！　おおっ！」

だが廉は、なんの迷いもなく刃を左手でつかんだ。男が目を剥く。掌から血を流したままニヤリと嗤い、廉は男の懐に右手を突っこんだ。銃を奪われたと男が気づいたときにはもう、廉は男の額を、笑みを浮かべて撃ち抜いていた。

男が倒れる。額から血を噴きあげて。

「ひ……ッ！」

生き残りたちが息を呑む。廉は銃を右手に、匕首を傷だらけの左手に持ち、足を踏ん張り、柱を背にして立ちあがった。刹那、驚くほどの量の血の塊が股の間からボタボタ落ちた。

雅也が呟く。化けもんや…と。

廉は嗤った。体中に極道の血と畜生の精を浴びながら、このうえもなく爽快な気分だった。

「自分の手でヒト殺したんは、人生初やで」

鮮血に染まる乱れた浴衣と重い体を引きずりながら、廉は雅也に近づいた。雅也が息を詰めて後退する。血塗れのゾンビは、昔馴染みであっても余程おぞましいらしい。

「獣姦も初、殺しも初。初物ばっかでめでたいこっちゃ」

そう言いながら手近な男の首に腕を伸ばし、引き寄せた。匕首に付着した血を舐め、ガタガタと震える男の頬をベロリとねぶる。

「お前らのおかげで、俺も一丁前の人殺しや。組長としてハクついたわ。おおきにな」

微笑んだ直後、男が大きく目を剥いた。自分の腹を見おろし、たちまちクシャクシャの泣き顔を晒す。

廉は男の腹に突き刺した匕首を、大きく回してから抜いた。ゴポッという奇妙な音がして男の腹肉が削《そ》げ、風穴が開く。

腹から溢れる臓物を戻そうとして、狼狽《うろた》えるさまが滑稽だった。ヨロヨロと廊下のほうへ後ずさった男が、足場を誤り、階段下へと転落する。男の気配はそれきり消えた。首の骨でも折ったのだろう。ひとりが慌てて階段を駆け下り、大丈夫か！　と、間の抜けたセリフを叫んでいる。大丈夫なわけがない。腹の肉ごと抉り取ってやったのだから。

「あと六人。…ああ、雅也も入れたら七人か。死にたいヤツから、こっちこい」

ようやく正気を取り戻した蘇我の残党が、目を血走らせて咆哮する。

「われ、なに様のつもりじゃ！」

「岩城組の三代目組長、岩城廉様じゃ。知っとって呼んだん違うんか、ボケどもが！」

「ほ…――ほざくな！　殺《い》てまえッ！」

男たちが一斉に飛びかかろうとしたとき、廊下から絶叫が飛んできた。

「岩城組や――ッ！」

一斉に、建物内に銃声が轟いた。

「岩城組…？」

廉の聴覚が鮮明になる。豪雨、高波、階段を駆けあがる荒々しい足音。男たちの怒号が入り乱れ、壮絶さを増す。

「組長ーっ！」

「助けにきましたで、組長っ！」

聞き覚えのある声が、いくつも飛び交う。清武もいる。健さんもいる。洋平の声もある！

ということは、洋平は処罰を免れたのだ。よかった。本当によかった！

暗くてよくは見えないものの、ときおり空を走る閃光が、ひらめく太刀の存在を教えてくれた。あの刃先は九堂だ。九堂が助けにきてくれたのだ！

「廉ッ！　無事かぁぁ――――っ！」

「九堂ォォォッ！」

雄々しい声で廉と呼ばれた。腹の底から九堂と叫べた。心身ともに限界に晒されている最中《さなか》に、こんなにも廉は、凄まじく九堂を欲していた。

九堂が刀を振りおろす。蘇我の男の首が飛ぶ。

意識を失っていたはずの竜神丸が、グルル…と唸って立ちあがる。新たに出現した敵に雌犬を奪われる危機を察したか、突然獰猛な牙を剥き、あろうことか、九堂に飛びかかった。

「九堂ッ！」

九堂の左腕に牙が食いこむ。九堂が刀を逆手に持ち替え、竜神丸の目を刺した。九堂の攻撃が一瞬途切れる。

「いまや！　撃てえっ‼」

蘇我が叫んだ。

男たちの銃が、一斉に火を噴いた。

九堂の肩、胸、腹、むごたらしいほど血飛沫があがる。

「頭ァァァア――――！」

「九堂ォーッ!!」

だが九堂は、わずかも怯《ひる》まなかった。己の身を楯にして、次々と男たちを切り捨てていった。

「くど……う…」

満身創痍《まんしんそうい》の九堂了司は、壮絶なまでに神々《こうごう》しかった。

愛しすぎて、目眩《めまい》がした。

上衣はすでにあとかたもない。ボロボロになったサラシと獰猛な唐獅子の刺青だけが、強靭な筋肉に巻きついていた。

九堂の強さを目の当たりにして、忘れていたはずの痛みと失われたはずの理性が、そして屈辱が、受けた傷が、廉の肉体と魂を苛《さいな》み始める。

気がつけば、廉はその場に崩れていた。意識が遠のく。気の弛みとともに股間から体液が流出する。失血による寒さに噎《む》せると、レバー状の血の塊が喉の奥から逆流した。

呼吸がこれほど辛い作業だとは知らなかった。息を吸うたび臓器が痛んで涙が滲む。自分はもう、組員たちとともに戦うことすら出来なくなってしまったようだ。

「化けモンが…！」

吐き捨てたのは雅也だった。情けなくも兄貴連中の陰に隠れて、太刀を避けていたらしい。

くそ、と叫んだ雅也が、廉の腕をつかんだ。ただの肉の塊となりかけている廉を肩に担ぎ

あげると、乱闘に紛れて非常階段から逃亡を図った。

外は横殴りの雨だった。風が渦を巻いていた。

その暴風雨の中、岸壁へと逃げる雅也を窓越しに発見したのだろう。九堂が窓を叩き割り、廉！　と叫ぶ。

「頭！　ここは俺らに任せて組長をッ！」

洋平の声だ。こんな情けない人間を、まだ見捨てないでいてくれるのか。まだ組長と呼んでくれるのか。

できるものなら詫びたかった。組員たちに、そして九堂に。それなのに、もう声が出ない。引きずるようにして岩肌を登らされるたび、体から大量の血が、命が、奪われてゆく。

全身を打つ雨に紛れて、廉は泣いた。もしも生きて戻れたなら、今度こそ我欲を殺し、自身を律し、岩城組の名に恥じない三代目になってみせる。こんな、どうしようもないクソガキのために命を張ってくれた組員たちの忠義に報いてみせる。心から誓う。

廉を何度も抱え直し、雅也が三段壁をよじ登る。激しい雨風が、容赦なく襲いかかる。

「大型台風到来やのう！」

場にそぐわぬ呑気《のんき》さで、雅也が笑った。笑いは恐怖の裏返しだ。その証拠に、雅也はガクガクとみっともなく震えていた。

三段壁の頂上、切り立った断崖に辿りつく。雨風が一層激しさを増し、人間たちをまとめて海に叩き落とさんと荒れ狂う。

追ってきた九堂が太刀を握り直し、間合いを計る。廉は愕然とした。九堂の腕にも脇腹にも、短刀が突き刺さっていたのだ。

「く、ど……」

撃たれた痕も、尋常ではない。こんな傷で、まともに動けるはずがなかった。

「も…もうええ、もうええ！　九堂ッ！」

最後の力を振り絞り、廉は叫んだ。

「俺のことは、見捨ててくれ…っ！」

言った直後に涙が散った。こんなにも悲しい別れの言葉を、自分から九堂に告げる日が来ようとは。

まだ、たったの七カ月だ。七カ月しか九堂と生きていないのに。

もっと九堂と生きたかったのに。生きられるはずだったのに！

「俺を…捨ててくれ、九堂…！」

戦う力を失った我が身が情けなかった。それ以上に、恋しかった。九堂と過ごした七カ月が、己の人生のすべてだったと断言できるほど、九堂了司が恋しかった。

「組長命令や！　俺を捨てろ！　九堂ッ！」

肉厚の唇をゆっくり開いて、九堂が言う。

「捨てておける程度の相手に、わいは初めから惚れはせん」

「九堂……ッ！」

廉を楯にしたまま、雅也が絶壁の際《きわ》まで下がる。その背後でドォン…と高波が砕ける。

「こ…来れるもんなら来てみぃ！　コイツを海に突き落とすぞっ！」

九堂が無言で太刀を一振りし、雨露を払った。切られるとでも思ったか、ヒッと雅也が身を縮める。そんな雅也を一瞥して九堂が唸る。

「…雅也よ。われも救いようのないド阿呆やのう。この仕事が終わったら、われは間違いのう蘇我に消されるぞ。まだ盃も交わしとらんクソガキの面倒なんぞ、誰が見んねん」

「じゃ……、じゃかあしいわッ！」

雅也が腰から取りだしたのは銃だった。九堂の武器は太刀一本。おまけに九堂は重傷だ。口を開くたび傷口から血の筋が垂れる。

豪雨が九堂の血を洗う。勝ち誇ったように雅也が嗤い、震える手で銃を構える。

「おい、岩城の若頭！　冥土の土産に教えたるわ。お前らの組長はな、さっきまで畜生に犯されとったんじゃ。犬にケツ振ってヨガるような色情狂やで？　それでもまだコイツを頭領に迎えたいんか！　忠義やなんやとほざけるんかッ！」

「忠義…？」

言葉をなぞり、九堂が片頬を歪めて嗤った。

「そんなもん、こいつとの間には始めからあらへんわい」

九堂が一歩踏みだした。怯えた雅也が後ずさるが、あとはない。荒れ狂う海が待つばかりだ。

「だ…黙れッ！」

「わいにあるのは本能だけや。わいの本能が廉に飢え、廉を求める。それだけのこっちゃ」

雅也が撃った。弾は九堂の腿を貫通した。

「九堂ォッ！」

九堂は傷口を押さえもせず、また一歩前進する。再び雅也が発砲した。それは九堂の二の腕の皮膚を破いた。廉はボロボロと涙を流しながら恋しい男に訴えた。

「来るな九堂！　来たらあかん！　頼む、もう引き返してくれ…！」

雅也がどんなに発砲しても、廉がどれほど懇願しても、九堂は一歩も退かなかった。

そしてついに、廉の手首は九堂にガッシリとつかまれた。満身創痍でも衰えぬ強さに、足元から喜悦が駆けあがった。

「寄るな、化けモン！」

弾が尽きたらしい。雅也が銃を振りあげ、九堂の顔面を殴りつける。台尻の角が九堂の右目を傷つけても、九堂は苦渋の声すら立てず、後ずさりすらしない。廉をつかんで離さない。

廉も懸命に手を伸ばした。九堂の肘をつかみ、九堂の元へ帰ろうとした。あの腕の中に帰ることを、涙を流しながら切望した。

「われが泣くかと思て辛抱しとったが……もうええな？　殺しても」

右目から血を流し、九堂が問う。雅也が奇妙な悲鳴をあげた。廉は九堂の、ひとつだけ残った静かな左目に微笑んだ。もう雅也との関係に未練はなかった。

「――殺《や》れ」

組長命令に九堂が頷き、無言で太刀を振りあげる。

「お、おい廉！　なに言うねん！　俺とお前はマブダチやんけ、なぁ廉！」

狂喜を顔に刷き、九堂が斜めに風を切った。

一瞬で首を失った雅也は、足から崩れ、崖の下に転落し、高波に呑まれて見えなくなった。

九堂が腕をつかんでくれていたおかげで、辛うじて崖に生き残った廉は、立ちあがろうとして叶《かな》わず、その場に崩れた。見れば九堂も瀕死の状態だ。竜神丸に食われた左腕は、骨が露出していた。右目も失った手負いの獣。

廉を起こそうとして、九堂が手を止めた。いまになって腹の短刀に気づいたらしい。

「…邪魔くさいのぅ。こんなもんが腹から生《は》えとっては、再会の抱擁もできんやないか」

ブツブツと呟き、短刀を抜く。九堂の熱い血液が、雨より激しく廉を濡らす。

なにもかもが不思議に可笑《おか》しい。笑おうとして口を開くと、声の代わりに血が溢れた。愛しい男の名を呼ぶことすら、もう、無理らしい。

そんな廉を哀れむように見おろして、九堂が言う。

「もう、あかんか？　廉」

訊かれて廉は頷いた。その直後、悔し涙がどっと溢れた。

自分の人生の終わりを、自分で認めるのはつらい。だがこれ以上生きることは、もっとつらいと思われた。

そうか…と呟いた九堂が、残った片腕で廉を立たせて支え、真正面から抱きしめてくれた。

胸と胸とをしっかり合わせ、互いの鼓動をじかに感じ、ようやく廉は安堵した。

ここまできて、やっとわかった。どんなに激しい雨風でも、九堂と廉を引き離すことだけは不可能だったのだ。

九堂が囁く。挿《い》れてほしいか…と。迷わず廉は頷いた。この世の最期に、九堂と対でいたかった。

血塗れの手で九堂の前を探り、解放した。九堂が廉の片足を抱え、静かに穿つ。

「あ……ぁ……ぁ」

九堂が廉に入ってくる。廉が九堂を包みこむ。

激しい抽挿《ちゅうそう》も締めつけもない。ただ静かに、互いの脈動に身を委《ゆだ》ねた。

この命、尽きるまで。そんな願いを言葉にせずとも、どうやら共鳴するらしい。ふいに九堂が失笑した。

「目も見えん。腕も利かん。これではお前を抱けんどころか、次逃げられたら見失うのう」

そう言って、廉の背中に太刀の先端を添えた九堂は。

廉ごと、自分を突き刺した。

「……………ッ！」

廉は目を剥き、硬直した。反動で、九堂の陰茎を締めつけた。

呼応するように肥大され、廉はガクガクと痙攣した。お、お、と双方の口から悲鳴にも似た嬌声が漏れる。

「九、堂……っ」

驚愕に震える廉を、静かな視線で九堂が咎《とが》める。そんな顔すな、と。

「わいとお前は、つがいや。死してなお殉じるつがいなんや。それを忘れるな」

「ひ……っ」

九堂がまたも隆起する。常軌を逸した状況下、どこまでも尽きない九堂の情愛に、廉は感極まって涙を流した。

体を貫く刃は冷たく、陰部に埋もれる男根は熱い。これ以上の証はない。自分は九堂を愛している。この獣を愛している‼

熱い塊を九堂が放つ。九堂の精液が、傷だらけの細胞に沁み、廉の血肉と融合する。九堂の血と廉の血が、互いの腹で溶けあい、混ざる。

「あ…あぁ、お、お……あ……ぁっ」

侵食し、侵略する。壮絶な達成感だった。この崇高感は、九堂でないと味わえない。

「最、高、や…」

掠れ声で訴えると、九堂が笑った。そう言うと思うた、と。

瀕死の廉を支えているのは一本の刃と、いまだ衰えぬ強靭な陰茎。そして九堂の厚い胸と、右腕一本。

視界が霞む。明度がじょじょに落ちてゆく。意識が遠のく前に、廉は九堂に囁いた。これで二度と離れんで済むな、と。

「生きてわいから離れることは許さん。そう言うたはずや」

「そやったな……。俺とお前は、逢《お》うたときから、同体やった、もんなぁ…」

好きや、九堂――呟くと、また九堂に笑われた。好きやのうては困るわい、と。

ふたりして、腹を揺らして笑った。そのたびに新たな痛みがふたりの体を行き交う。

寒かった。寒いのに、九堂が触れている場所だけは温かかった。廉は自分の一生を、九堂とともに閉じるのだ。廉は、九堂と生きたのだ。

迫るのはパトカーのサイレン。捕まれば、引き離されてしまうだろうか。

不安は九堂が一掃してくれた。しっかりと廉を胸に抱き、断言する。

「安心せぇ、廉。われを誰にも渡しはせん」

土砂降りの断崖絶壁。次々とパトカーが到着する。ついに警察の手がかかる。

「九堂了司！　今度っちゅう今度こそ、お前は死刑や！　そこを動くなッ！」

九堂は廉を抱いたまま警官たちを振り返り、獰猛な犬歯を剥いて嗤った。

廉の背中に生えた柄は、九堂の背中で白刃を光らせていた。ふたりの人間を串刺しにしている太刀に、警官たちが唖然とし、息を呑む。

「殺せるもんなら、殺してみぃや！」

嗤って九堂が地を蹴った。

豪雨を背中に受けながら、廉を抱いたまま海へ飛んだ。


落ちてゆく間際。

視界をよぎった警官たちの滑稽《こっけい》な顔を、廉は生涯忘れない。

度肝を抜いてやれたことが楽しくて、廉は笑った。九堂も腹を揺らして笑っていた。

廉と九堂はひとつに繋がったまま、荒れ狂う海に姿を消した。


…なぁ九堂。俺は、誓う。

生きてこの世に戻れたら、今度こそ、この道を最期まで歩いてみせる。

そして九堂。願わくばもう一度、お前と出会い、お前と人生を全うしたい。

仕打ちでもいい。仕置きでもいい。骨の髄までお前に犯され、お前に抱かれて咲き乱れたい。

だから九堂。いつか帰ろう。

忠義に厚く、活気に満ちた、組員たちが待つ家に。

俺たちを魅了してやまない、極道たちが集《つど》う街に。

獣・灼熱

「三十八度五分や」

体温計の数字を見つめて、九堂《くどう》が困惑顔で唸った。

廉《れん》は仰向けに寝転んだまま、天井めがけて大きな溜息を吐いた。どうりで体が怠《だる》いはずだ。

「しんどいか、廉」

雄々しい形相の大男が、似合わぬ心配を目に宿らせている。廉の横たわるベッドの傍らに腰を掛け、額に掌を添えて。他人の体調を案ずる九堂など、不気味なことこの上ないが、たまにはこんなふうに気遣われるのも優越感がそそられて、いい。

それにしても顔が熱い。こめかみのあたりがズキズキする。後頭部がガンガンする。体全体の組織が膨張したかのように、手足が、腰が、どんよりと鈍みを増している。

「風邪でもひいたか、廉」

「阿呆。過労に決まってるやろ」

「なんで過労じゃ」

「……お前が訊くな」

わからない九堂に、本気で呆れる。どう考えても、熱が出て当然の状況ではないか。

廉は昨日、自分の小指を詰めようとした。

なぜそんな騒動になったのか。本来ならば思いだしたくもない事情だが、自分への戒めとして、決して忘れるわけにはいかない。

広島最大の広域暴力団・大藪会《おおやぶ》の系列組織は、この関西に五つある。岩城《いわき》廉を三代目組長に配する岩城組、最年長の山辺《やまのべ》組長が君臨する山憲《やまけん》組、土建業の看板を掲げる谷本《たにもと》組、大手のテキヤとして祭りを取り仕切る杜柾《もりまさ》会。そして裏切り者・瀬ノ尾《せのお》が率いる瀬ノ尾会だ。

最も売り上げの芳《かんば》しくない瀬ノ尾会は、その働きに比例して頭領・瀬ノ尾の性格も姑息《こそく》で、近々大藪会から切られるのではとの噂《うわさ》が立つほど、その存在は切迫していた。

崖っぷちの瀬ノ尾は、まだ若い岩城の三代目を「いびる」ことで、日頃の憂さを晴らしていた。だが廉は、瀬ノ尾が思うより遥かに生意気で居丈高だった。そのうえ最悪なことに、瀬ノ尾の歪んだ性癖を満足させるに相応しい容姿でもあったのだ。

廉はまんまと瀬ノ尾のワナに掛かった。おびきだされ、ワイヤーロープで宙吊りにされたあげく、鍼《はり》責めに遭い、輪姦《りんかん》された。

それだけではない。口にするのもおぞましい記憶を心身に刻みつけられたのだ。気が狂ったほうがマシだと心底望むほど、壮絶な行為を強要された。

その時点で、頭がイカレても不思議ではなかった。事実、廉は理性のタガが外れる不気味な音を自身の耳で確かに聴いた記憶がある。

だがその直後、それを上回る狂気が目に飛びこんで来たのだ。

殺戮《さつりく》という言葉の意味を、廉は九堂によって知らされた。九堂の歩いたあとには死の華が咲くという噂の真意を、理解した。

それは、自分の身に起きた惨事を凌駕《りょうが》する衝撃でもあった。

いまにして思えば、あのとき廉が一線を越えていながら狂気の世界に堕ちなかったのは、ある意味、九堂のお陰かもしれない。

九堂了司《りょうじ》に比べれば、瀬ノ尾の所業など子供騙《だま》しに過ぎない。九堂を超える狂気など、この世には存在しないのだから。

だが、岩城組の組長でありながら、瀬ノ尾のような小物に心身を嬲られた屈辱は、易々と消えるものではない。

よって廉は、体に注がれた汚れた血を清める術《すべ》を欲し、禊《みそ》ぎの意で指を詰めようとしたのだ。組員たちの厚情に負けて、実行に移すことは断念したが、諦めたところで汚れは消えない。

そんな廉の苦悩を清めてくれたのは、やはり九堂了司だった。腕ほどもある太い男根を廉に穿ちながら、九堂もまた、本音を吐いてくれたのだった。

身を切られる思いじゃ、と。

死ぬときも、お前とわいは同体や。生きてわいから離れることは許さん、と。

わいとお前は、死してなお殉じるつがいなんや、と。

その独白を、廉は恍惚感に喘ぎながら受け入れた。九堂の意志に、魂で賛同した。

九堂は廉を表にし、裏に返し、気を吐きながら無心に貫いてくれた。強靭な陰茎に揺さぶられながら、廉は精を噴きあげた。

そして九堂の腕の中で、意識を喪失してしまったのだった。

眩しい光に瞼を射られて目覚めたとき、廉は九堂のベッドにいた。

性交途中で気絶してしまった廉は、岩城の屋敷から徒歩五分ほどにある九堂のマンションへ運ばれたようだった。

一国の主《あるじ》を許可なく屋敷から連れだすことは、本来ならば許される行為ではない。だが、組長本人は気絶しているのだし、満身創痍の九堂に免じて今回だけは目を瞑ってやろうという気にはなる。廉自身もこの獣同様に、全霊かけて「片割れ」を愛しているのだから。

たった五分の道のりを、九堂は世間から廉の身を遮断するかのように、ベンツの後部座席に横たえたそうだ。洋平《ようへい》に運転を任せ、自分はずっと廉の髪を指で梳き、抱きしめていたのだろう。なぜなら廉の肌のそこここに、発熱とは異なる温もりが…九堂の指の感触が、半日ほど経ったいまでもまだ、しっかりと残っているから。

気絶していて正解だった。そんな愁傷な九堂を目の当たりにしてしまったら、それこそ恥ずかしくて、いてもたってもいられない。

なににせよ、九堂の愛情は度が過ぎている。常識どころか異常の域をも越えている。もちろん廉も右に同じだ。どうこう言えた義理ではない。

指につまんだ体温計を、九堂がブンブンと振っている。寝室の入口に座して控えていた洋平が、了解も得ずベッドまで這《は》い進んで来て、九堂の耳元で忠告した。

「あのですね、頭。それは水銀やのうて電子体温計ですよって、振らんと、こうやってケースに差しこむだけですねん」

九堂の手から体温計を失敬した洋平が、プラスチックの細長いケースに体温計を納めた。高熱を示していた数値が一瞬で消える。ほう、と九堂が目を丸くする。

「最近の体温計は、ようできとるな」

素直に感心する九堂に気をよくしたのか、洋平が調子に乗って身を乗りだした。

「最近どころか、何十年も前から売ってますやん。ああ、頭は普通の人間と違《ちゃ》いますよって、熱出したことあらへんのちゃいます？　そら、なんも知らんで当然……テッ！」

ゴン、と鈍い音がした。九堂に頭を殴られて、洋平が痛みに顔を歪める。洋平を斜めに見おろして、九堂が目尻を吊りあげた。

「アホか。わいかて熱ぐらい出したことあるわい」

すんません…と小声で唸《うな》って、洋平がすごすご引き下がる。洋平のフォローというわけではないが、廉は寝返りを打ちつつ、小さな疑問を九堂に投げた。

「九堂。お前、最後に病気したん、いつや」

真顔で訊くと、う…と九堂が顎を引いた。

「たぶん……ガキのころ……や…ないかと」

「なんやわれ、どえらい歯切れ悪いやんけ」

「いや、たぶん風邪ぐらいは、ひいたことあるんちゃうかと…」

「要するに、病気した記憶がないっちゅーことやな。まぁお前相手やったら、病気も裸足《はだし》で逃げだすわ」

わっはっはと笑い飛ばすと、九堂が不機嫌を顔に刷き、さっさと話題を転換した。

「おい洋平。ボケッとすな。はよ買いだし行ってこい」

「買いだし？　なんのでっか？」

「食い物に決まっとるやろ。組長に早《は》よ良うなってもらうためには、精のつくもんを食うてもらわなあかん。魚でも肉でも、なんでもええ。栄養のありそうなもん買《こ》うてこい」

そう言って九堂がサイフを投げた。黒いレザーの分厚いそれには、万札がみっちり詰まっている。手にしたとたん、洋平がギョッと目を剥いた。

「こここ、こないな大金、そそ、その、サイフごと渡されましても、ど、どないしたら…っ」

「ええで早よ行ってこい！　ケチケチせんと、極道らしゅう大判振る舞いしてこいよ。組長に恥かかすな。わかったか！」

「ははは、はいっ」

怒鳴られて飛びあがった洋平が、一目散に部屋から逃げた。

九十度に曲がった廊下の向こう、バタンッと玄関ドアが閉まり、ガチャガチャと慌ただしく施錠されたのと入れ替わりに、突然の静寂が訪れた。

ひとつ大きく息を吐いた九堂が、ベッドを見おろす。表情が、やけに柔らかい。

「…えらいおとなしいな、廉。しんどいか」

言われて、廉は呆れてしまった。

「お前らが賑やかすぎるんじゃ。アホ」

斜め下から睨みつけ、廉は布団を引っ張った。素肌に触れるシーツの感触が心地いい。どうやら素っ裸でベッドに放りこまれたようだ。最後に九堂とセックスしたままの、牡《オス》の匂いに塗れた生々しい肉体のまま、シャワーも浴びずに。

「…寒いか？　廉」

目を閉じたまま動かない廉が心配なのか、九堂が静かに問いかける。

廉は首を横に振った。寒くはない。熱いくらいだ。寝返りを打って布団から両腕を外に解放したが、まだ熱い。身を捩り、上半身を外気に晒すと、少し呼吸が楽になった。

「……ふ」

両腕を突きあげ、伸びをしてから、両手で髪を掻きあげる――と。

ふいに九堂の体温を間近に感じて目を開いた。いつしか覆い被さるようにしていた九堂が、唐突に唇を塞いできた。

「ん……っ」

九堂の肉厚な手が、廉の胸を撫で回している。首筋を揉まれ、肩をほぐされ、乳首の片方を親指の腹で潰すように扱かれて、キュ、キュ、と数回強めに摘まれた。

「ん、んん……んっ」

引っ張られるたび、ゾクン、ゾクン、と快感が突き抜ける。熱っぽい体が、ますます気怠さを増してくる。

「廉」

「……なんやねん」

身をくねらせながら呼びかけに応じると、なんともズレたセリフを吐かれてしまった。

「今後はもうちょい、お前の体力を考慮するよう努力する。すまん」

廉はポカンと口を開いたまま固まった。努力すると言いながら乳首を揉み潰してくるこの不埒《ふらち》な指の一体どこに、努力のドの字を探せというのか。

「考慮するよう努力するて、なんでそんな遠回しやねん。男らしゅう、考慮するて断言せぇよ。ちゅうか、熱あんの、俺やのうてお前やろ」

九堂の手を払いのけ、「病人に気安う触るなや」と冷たく突き放し、シッシッと手で追い払うと、九堂が太い眉を寄せた。可愛げないやっちゃ…とブツブツ文句を垂れる大男の背を、フンッと鼻息で追い払った。

「頭、組長、買うてきましたでーっ」

うつらうつらと惰眠《だみん》を貪っていた意識が、唐突に現実へと戻された。

インターホンぐらい鳴らせや…とブツブツ文句を垂れつつ、玄関に赴《おもむ》く九堂が可笑しい。

複数の人間が、一斉に玄関に足を踏み入れた気配。どうやら洋平ひとりでは運びきれず、岩城の組員を伴ってきたようだ。荷物はかなり大量と見た。

ほな失礼しますーと、配送要員たちが帰っていった。バタン、と玄関が閉まったとたん、なんじゃこりゃーー！ と九堂が吠えた。

「アホかお前は！ 一体なに買うてきたんじゃ！」

「え？ あ、あああ、あのっ」

「どないせぇっちゅーんじゃ、こんなもんっ！ おおっ？」

尋常ではない九堂の狼狽を耳にして、廉は慌てて身を起こした。頭が熱でふらふらするが、なんとか気力で目を開き、九堂の浴衣に腕を通し、這うようにしてベッドから降りた。

長すぎる浴衣をたぐり寄せて持ちあげ、寝室のドアを越え、ダイニングを横切って、廊下の壁を伝い歩き、首だけ玄関に出した直後に絶句した。

玄関先から廊下にかけて、堂々と横たわっている、とてつもなく奇妙な物体。

ゴクン…と息を呑み、なんとか声を絞りだした。

「洋平…」

「へへへへへ、へいっ」

ガチガチに身を強ばらせて、洋平が玄関口に正座している。廉は極力冷静に問いかけた。

呆れていたと言えなくもない。

「すすす、すんませんっ！　大盤振る舞い言われて、そらもうコレしかないやろ思て…」

「お前、これ、なんぼしたんや」

「さ、さささ、三百万とか言うてましたけど…っ」

金額を口にして、洋平がさらに泣き顔になる。廉はポツリと苦悩を漏らした。

「マグロ一匹買うてくる阿呆がどこにおる」

ここや、と九堂が阿呆の代表に向かって顎をしゃくり、腕組みした。

「よけい熱でるわ…」

呟いて、廉はガックリと膝をついた。


岩城の屋敷に連絡を入れ、九堂の側近を呼びつけた。磯瀬《いそせ》は五分と待たせずに弟分らを引きつれ、九堂のマンションへやってきた。

玄関口を塞ぐようにして、巨大な冷凍マグロが堂々と横たわっている。その現実離れした光景を目の当たりにして、冷静沈着を信条としている磯瀬でさえも顔色を喪失している。

「なんか言うてくれよ、磯瀬。お前が黙ると、なんや母ちゃんにカミナリ落とされた子供みたいな気持ちになるわ」

「こらまた、えらい豪勢な買い物されましたな。…これでええですか？」

「おお、立派な鮭《シャケ》やろ。ごっつうでっかい月の輪熊が、川よじ登ってガルァー‼　言うてな」

ボケは結構ですと真顔でぶった切られ、つまらんやっちゃのう…と廉は口をへの字に曲げた。

「まず、マグロを買うた理由はなんやったんですか、組長」

「理由はド阿呆に訊いてくれ」

先ほどから阿呆阿呆と罵《ののし》られ続けている洋平は、部屋の隅で萎縮したまま顔すらあげない。とりあえず人並みに落ちこんではいるようだ。

「とにかく磯瀬よ、このでっかいブリなんとかしてくれ」

「マグロですね。わかりました」

マグロを浴室へ運ぶよう、磯瀬が弟らに命じた。ほどなくして、ウィーン…とチェインソーの音が聞こえてきた。マグロを分断しているらしい。

この騒々しさの中、呑気に眠ることもできず、廉はダイニングのソファであぐらをかき、子分が作ってくれた卵酒を啜《すす》ることにした。

「お味どうですか？　組長」

「味はええけど、熱い」

「病気のときは、体温めなあきません。熱いくらいがええんです」

「……熱があるっちゅーてるやん」

ほんまにもう、お前らは…とブツブツ文句を零すものの、せっかくの厚意を無にしたくはない。よって廉は、一向に熱が下がらないという悪循環を繰り返しつつ、なんとも愉しい苦笑を漏らしながらチビチビと卵酒を舐めている。

切断された大振りな赤身を手に、九堂がキッチンへ入った。憮然とした表情のまま、ドン、と巨大な短冊をまな板に載せる。

「ほな、あとは屋敷に回さしてもらいます」

生真面目な磯瀬が、まったく動じていない口調で一礼した。同じ口調で弟分らに片づけを命じ、バラバラ死体のごとき肉片を大量のスチロール箱に手際よく詰めさせている。手の空いた者たちは機敏な磯瀬の采配のもと、浴室を綺麗に洗浄している。さすがは九堂の右腕だ。やることにソツがない。それに引き替え……。

「こら洋平っ！」

「うわはははは、はいぃっ！」

見てわかるほど勢いよく洋平が飛びあがった。立てた片膝に肘を乗せ、鷹揚《おうよう》な態度で頬杖をつき、廉は洋平をジロリと見あげた。

せっかくいい兵隊に育ててやろうと、組長じきじきに目をかけているというのに、この体《てい》たらくは許し難い。

「何遍言うてもインターホンは鳴らさん。買い物すらまともにできん。お前はホンマ、使えん男やのう」

「あううう…っ」

「お前みたいな役立たずは、一生下働きや」

「そんな殺生《せっしょう》な〜っ！」

廉と洋平のやりとりに、若い者たちが爆笑した。


組員たちが引きあげたあと、室内は廉と九堂だけになった。洋平は、玄関の外に見張り番として立たせてある。なにはともあれ、やっとゆっくり眠れるわけだ。

太陽が高い。間もなく昼だ。夜にはほど遠いというのに、もう廉は睡魔に襲われている。

朝からいろいろありすぎて、気疲れしたのに違いない。……それにしても。

「なんや九堂。エプロンなんぞつけて、なにする気や」

ソファでゴロリと寛《くつろ》ぎながら、廉は目の前に立っている魚屋のオッサン……もとい、九堂に訊いた。水産業者が身につけるような、長くて黒いビニール製の前掛けをした九堂が、ワイシャツの腕をまくって刺身包丁を握っている。

「料理に決まっとるやろ」

当たり前のように言い、九堂が長い刃身を肩に担いだ。研がれた刃が陽光をギラリと反射して、九堂の犬歯を光らせる。

九堂に刃物は確かに似合う。だが、刺身包丁はどうかと思うのだが。

「おい九堂よ。人切るのと魚切るのは、わけが違うで？」

「人も魚も変わらんわい」

おかしなこと言うやっちゃのう、と九堂が口をへの字に曲げる。

廉は額に手を当て、首を横に振り、無言で項垂《うなだ》れた。この男には、瀬ノ尾らを斬った後遺症というものがないのだろうか。

廉は当分、刃物類を持てそうにない。手にすれば、瀬ノ尾の首を思いだすに違いないから。

九堂の一刀で分断され、宙を飛んだ、瀬ノ尾の醜悪な頭部を。

「安心せぇ、廉。わいがいまからお前のために、精のつく料理を作ったる」

「…そら、おおきに」

九堂の手料理など、廉でなくとも想像はつく。おそらくは力任せにぶった切っただけの生臭い魚肉を、ドドンと大皿に投げこむのだ。血の滴る赤身を自慢げに突きつけ、「刺身は生《ナマ》が一番じゃい！」とかなんとか吠えて、無理やり病人の口に詰めこむのだろう。

「あかん、しんどい」

熱が再び急上昇してきた。朝よりずっと気分が悪い。

「磯瀬のやつ、ついでに九堂もチェインソーでぶった斬ってくれたらよかったんや」

「なんや廉、顔色悪いぞ。飯できるまで横になっとれ」

「当然じゃ。無神経男」

「誰が無神経や。われ、なに怒っとるんじゃ。生理か」

「……阿呆の相手は疲れるわい」

寝る、と言い捨て、大きな浴衣の胸元をかき寄せ、廉はさっさと寝室へ退散した。


子守歌が、廉を優しく包みこむ。

いつか夢で視《み》たような、どこかで聞いたことがあるような、懐かしい、低い声だ。

きっと、ひどく淋しいとき。どうしようもなく怯えているとき。足元を見失って、立ち竦んでいるとき。そんなとき、廉を抱きしめて癒してくれた、哀しく優しい子守歌だ。

まどろみの時間が勿体なくて、廉はゆっくりと目を開けた。枕元で頬杖をつき、歌っていたのは九堂だった。

廉の視線に気づいた九堂が、歌うのをやめ、小さく笑う。

「目ェ覚めたか」

「……お前やったんか」

微笑みかけると、なんや？　と九堂が眉根を上げた。

「この歌、お前の声やったんやな。俺が岩城の屋敷から……お前の手ェから逃げようとした晩に、夢の中で聴いた気がしてな。あれ、お前の声やったんか…」

言わんとしていることを察してくれた九堂が、目を細める。

廉は九堂の首に手を伸ばし、引き寄せた。肉厚な唇に自分から唇を押しつける。舌で唇を割られ、激しく吸われたとたん、急激に胸が苦しくなり、泣いてしまいそうになって、逃げるように唇を離した。

涙腺が弛む。情けない顔を見られるのが恥ずかしく、顔を背けて訊いてみた。

「子供のころ、母ちゃんにでも歌《うと》てもろたんか？」

「母親やのうて、近所のダンサーや」

「ダンサー？」

「ストリッパーとも言うけどな」

振り向くと、淋しい笑みを漏らした九堂が、誤魔化すように廉の髪に指を差し入れ、軽く揺すった。

「わいは、生まれたときから母無し子や。わいの守《も》りをしてくれた姉さんらが交替で、いっつも楽屋で歌てくれてたわ」

九堂の過去を、初めて聞いた。母親がいないと聞かされて、妙に納得してしまった。

「…九堂。お前、家族は？」

九堂の口元に苦笑いが灯り、すぐに消えた。家族はいない。そういうことだろう。

廉は九堂の太い首をもう一度引き寄せ、チュ、と甘い音をたててキスをした。目元を和らげて九堂が囁く。

「岩城組が、わいの家族や。お前はわいの大事な家族や、廉」

「そやな…俺も」

俺もそう思っている…と続けようとした口は、雄々しい接吻で塞がれた。痛いほど舌を吸われ、狼狽《うろた》えている間に口腔《こうこう》をしゃぶられた。

廉の口を封じたまま、九堂が布団の中に手を潜らせる。腰を撫で、腿をさすり、廉の前を鷲づかむ。

「んんんん、う、うーっ！」

廉は身を捩って抵抗した。病床に伏している身、こんな巨体と抱きあう余力は、どこを探しても残っていない。家族の件は同情するが、自分の命も本気でヤバイ。廉は気合いで九堂の唇を振り切り、早口で言った。

「おい九堂！　そういやお前、飯作っとる途中と違《ちご》たんかっ！　飯や、飯ッ！」

お、と九堂が眉を跳ねあげた。そやったそやった…と納得しながら身を離す。

「もう出来とるぞ。呼びに来たつもりが、お前の寝顔にみとれてしもた」

恥ずかしいセリフを真顔で言ってのけ、背を支えて起こしてくれた。聞かされた廉のほうが照れくさくて顔を染めてしまう。

「まだ熱あるみたいやのぅ」

お前のセリフに照れたのだとは、言わないほうが賢明だ。言ったが最後、また唇から食われてしまう。

「ようけ食うて、はよ元気になってくれ」

似合わぬ気遣いを、廉は鼻息で跳ね返した。

「元気になったら、どうせまた体力無《の》うなるまでセックスかますんやろ。ああ？」

当然じゃ、と即答されて目眩がした。九堂はおそらく、廉が自分と同レベルだと思っているのだろう。自分が人並み外れた体力と精力の持ち主であることを自覚していないとは、困ったものだ。

「歩けるか？　歩けんようなら抱いてったるで？」

「いらん世話や」

九堂の手を断り、廉はベッドから降りた。まだ熱っぽくて目眩もあるが、動けないほどではない。浴衣の丈を調節し、帯を適当に腰に巻き、鳴いている胃袋の代わりに訊いてみた。

「で。板前さんよ。ランチのメニューはなんやねん」

「マグロじゃ」

「……まんまやんけ」

血の滴る切り身の山を想像し、軽い吐き気を覚えながら、重い足どりでダイニングに向かうと。

「────────え」

食卓に並んだ品々を見て、目がテンになった。

洋平が買ってきた巨大マグロは、漬《づ》け丼に姿を変えていた。海苔《のり》とネギを存分にまぶされたその一品は、甘辛い醤油《しょうゆ》の香りが漂って、廉の食欲をゆっくりと、だが確実に快復させてゆく。

鮪の照り焼きに、頬肉のステーキ。鮪とアボカドのカルパッチョに、鮪と葉野菜のしゃぶしゃぶ。蓋つきの小鉢は茶碗蒸《ちゃわんむ》しらしい。おそらくこれも鮪が化けた一品と見た。極めつけの鮪の握りは、軽い炙《あぶ》りで仕上げてある。

なんとも和洋折衷《せっちゅう》めちゃくちゃな食卓だが、どれもこれも素晴らしく見事な出来映えで、さすがに度肝を抜かれてしまった。

「どや、廉。これやったら色も匂いも気にならんやろ」

ハッとして廉は顔をあげた。いたわるような視線で廉に微笑み、椅子を引き、座らせてくれる九堂の紳士ぶりに、露骨に頬を染めてしまった。

もしかして、配慮だろうか。

買ったばかりの新鮮な食材でありながら、最もシンプルな刺身がない。生々しい血の色に廉が不快を催さないよう、色を変え、香りを足すという一手間を加えてくれたのに違いなかった。そして、この笑うしなかい豪勢な量もそうだ。見ただけで力が湧いてくる。

廉の肉体のみならず、九堂は廉の病める神経をも快復させようとしてくれている。それがヒシヒシと伝わってきて、感謝の念が胸中に湧いた。

「組長のために、わざわざ洋平がマグロ漁船に乗ってきたんじゃ。なんとしても食うたらなバチ当たるで」

「いやいや、乗ってへん。あれは店で買うたんや」

突っこみを入れながら笑ったら、呼応するように腹が鳴った。気づいた九堂が目を細める。

少し考えて廉は言った。

「なぁ九堂。漁船に乗ったヤツも腹空《す》かしてるやろ。呼んだれや」

玄関のほうへ顎をしゃくると、九堂が廉の肩をポンと叩いた。

最初は洋平も遠慮していたようだったが、組長の要請だと九堂に言われ、萎縮しながら食卓についた。

「ちょ、え、あの、これ、みな頭が作らはったんですか？　ほんまに？」

「日ェ丸うすな。不愉快じゃ」

料理の数々に仰天する洋平に、九堂が犬歯を剥きだしにする。廉も横から首を突っこみ、本音半分で茶化《ちゃか》してやった。

「九堂。われ極道辞めても料理人になれるで。こんなんどこで覚えたんや」

「どこて、まぁ…自然にですわ」

組員の前では配下の態度を崩さぬ九堂が、謙譲の口調で続きを語る。

「ガキのころから、腹が減ったら自分で飯作るのが常《つね》でしたんで、手持ちの材料で適当にこさえるクセが身についてますねん」

「クセっちゅうレベルと違うやろ。立派な職人技やで。…まあ、美味いかマズいか、味が問題やけどな」

「どうぞ、賞味願います」

笑った九堂が前掛けを外し、廉の向かいに腰をおろした。きっちりと両手を合わせて食前の礼を行い、食え、と洋平に顎をしゃくる。

「く、食えるんですかっ？」

どういうこっちゃ、と憮然とする九堂に、洋平が慌てて弁解した。

「いえ、その、毒キノコちゃいますかとか、そういう意味やのうてですね、その、自分もホンマにご相伴《しょうばん》に預からしてもろてええんでしょうか、と……」

唐突に、洋平が言葉を詰まらせた。と思ったらいきなりバッと頭を下げた。ご馳走になります！ と吠えた拍子に、ポロポロッと大粒の涙が落下した。

そんな自分に狼狽えながら、洋平がワイシャツの袖で顔面を拭い、懸命に言い訳を始める。

「あ、いや、すんませんっ。なんや自分、こないな形でおふたりとご一緒さしてもろたうえに、頭の手料理まで食わせてもらえるやなんて、もったいのうて嬉しゅうて、なんやもう、申し訳ないですわ」

腹を壊す恐怖に震えているのではなく、本気で感動しているらしい。

「ええで早よ食え。その代わり、どんなにマズても我慢せえよ」

苦笑した九堂が廉に向き直り、今度は真顔で忠告をよこす。

「組長。少しでも腹に収めてください。噛むのがしんどいようでしたら、粥《かゆ》でも作りますさかい、言うてください」

廉がなかなか箸を持てずにいるのは食が進まないからではなく、洋平と同じく感動のあまり、手をつけるのが勿体ないのだ。

それでも廉は箸を手にした。九堂が工夫を凝らして作ってくれた有り難い昼飯を、ぜひともこの身に収めたかった。

無神経だと罵ってしまったことを反省しつつ漬け丼を持ちあげ、箸で掬った飯の塊を口に押しこみ、目を閉じ、そして。

「……うまい！」

ほんまでっかと九堂に訊かれ、迷わず首を縦に振った。お世辞ではなく木当に美味い。どういう手際か、この短時間でしっかり味が浸みている。おまけに鮪の断面がツルツルと滑らかで、熱っぽい舌には驚くほど心地いい。

「太刀さばきだけやのうて、お前、包丁さばきもたいしたもんやのう」

真顔で冗談を言ってしまったそのあとは、無言で食事に集中した。

そんな廉と洋平を満足げに眺めていた九堂も、ようやく箸を持ち、豪快に胃袋へ詰めこんでゆく。

和気あいあいとした会話などない、異様な沈黙に包まれた食卓ではあったが、こんなに楽しく胸躍る食事は久しぶりだった。

予告なく、ふいに湧いてしまう涙を、ときおり器で隠して誤魔化すほどに満ち足りていた。

腹が膨れると体温が上昇するのは、人として当然の反応だと思うのだが。

頬を上気させている廉を見て、九堂がガタンと席を立った。廉の隣へ回りこみ、額に掌を押しつけて、大仰に眉を寄せて言う。

「組長。また熱が出てきたん違いますか」

大きな手は、廉の両目まで覆ってしまう。視界を遮られたまま、廉は困惑を吐きだした。

「いや、大丈夫や。腹いっぱいになったら、ちょっと体がポカポカしてきただけで…」

「おい洋平。氷嚢《ひょうのう》買うてこい！」

茶碗蒸しの器の底をつついていた洋平が、キョトンとした顔で首を傾げる。

「ヒョーノー？　そら、なんですか？」

チッと舌を打ち、九堂が腰に手を当てた。

「ホンマ使えんやっちゃのう、われは。氷嚢っちゅうのは氷のことや。要するに、どえらい熱があんねん、組長は。氷と水枕、さっさと買いに行ってこんかい！」

「あ、はいっ！」

組長の一大事と知って、洋平が転がるように部屋を飛びだしていった。たいしたことはないと、訂正してやるヒマもない。

廉は九堂のお節介な手を押しのけ、溜息をついた。

「おい九堂。水枕なん、いらへんぞ。そんな大げさなことせんでも寝たら治る。熱っぽいのは、飯食うたからや。食うたもんが体内で消化されるときにやな、こう、エネルギーに変わろうとして、発熱する仕組みになっとってやな…」

うろ覚えの知識をひっぱりだすべく目を閉じたら、いきなり体が宙に浮いた。慌てて目を開け、間近の九堂にしがみつくと、横抱きにされたまま軽々とソファへ運ばれ、下ろされた。

「熱冷ましには、コレが一番や」

「……まぁ、確かにそやな。横になるのが一番やな」

度が過ぎる九堂の思いやりを有り難く頂戴し、廉は改めて目を瞑った。今度こそ寝たい。ぐっすり寝たい。食ったら寝るのは子供と病人の特権だ。

「料理も巧《うま》い。セックスも巧い。気は優しくて力持ち。言うことナシのダンナやのう、廉よ」

「自分で言うな。値打ち下がるわ」

九堂のことだから、また濃厚な口づけでもしてくるのかと思いきや、衣擦《きぬず》れの音がするだけで、唇が降りてくる気配はない。どうやら本当に、このまま眠らせてくれるらしい。

穏やかな時間の訪れに安堵して、眠りに落ちようとした刹那。

「うわ……！」

ガバッと浴衣をめくられて、廉は反射的に飛びあがり、直後に「げっ！」と目を剥いた。

廉の視界を占めたのは、青々とした刺青も雄々しい全裸の九堂！

「なっ、なんやなんやなんやお前！　なにいきなり裸になってんねん！」

思いきり引いている廉に構わず、跨《また》ぐようにして九堂がのしかかってきた。逃れることは当然適わず、易々と押し潰されたうえに、両手を頭上でひとまとめにされた。

「われ、病人相手に、なに考えとるんじゃ〜！」

こんな場合、廉の泣き言はまったくもって効き目がない。

微塵も同情してくれず、九堂が器用に膝を使い、廉の両足を左右に割る。腰を押しつけられて、ヒイィ！　と廉は悲鳴を上げた。驚異的なサイズに成長している九堂の男根が、疲労で萎縮している廉の性器を上からグイグイ押し潰す。

「あれだけ食うたら、たんまり精力ついたやろ」

「阿呆か！　そない早よエネルギーに変わるわけないやろ！」

ジタバタと抵抗している間にも、浴衣の胸元と裾は乱れ、九堂の望む姿に変えられてゆく。廉の首筋を肉厚な舌でべろべろと舐め回し、「食後の運動じゃ」と九堂が笑った。

「アホぬかせ！　洋平が戻ってきたらどないすんねん！　おお？」

「そやで急がなあかんねん。協力せぇよ」

強引な展開についていけず、視界と頭がグラグラした。

廉の股間を握るようにして揉みながら、九堂が勝手な理屈を捏《こ》ね回す。

「先にお前が誘たんやろが。潤んだ目ェで顔赤うして、やらしい目で人の顔見くさって」

「潤んだ目ェも赤い顔も、どれもこれも熱のせいじゃ！　ボケッ‼」

納得したのか、していないのか。……していないのだろう、たぶん。ソファの上で俯せに返され、腰を上げさせられ、恥ずかしい部位を剥きだしにされ、廉は思わず弱音を吐いた。

「ホンマ勘弁してくれ、九堂。そないな体力、いっこも残ってへんっちゅーに……あっ！」

指を入れられ、廉は四肢を突っ張らせた。中をぐちゅぐちゅと掻き回され、ソファを虚しく掻きむしった。

熱で弛んでいるのだろうか、いつもより自分が頼りなく、柔らかい。九堂もそれに気づいたようで、長くて太い指三本まとめて押しこんできた。その三角形に広げられた尻の穴に、九堂が息を吹きかけてくる。

「あ……っ、あぁ、あぁ…！」

九堂が淫猥に目を細め、低い声を漂わせる。

「お前の奥が、よう見える」

「見んな、アホ！」

「綺麗な赤や。お前の背中の華と一緒で、灼熱《しゃくねつ》の色や」

「は……あ、あ、は…っ」

ダイニングのブラインドは全開になっている。真上にある太陽が、部屋の中程にまで入りこみ、廉の陰部を奥まで照らす。照らされた陰部はじょじょに水分を失い、乾いていく。干あがりそうなその部位に、九堂が舌をにゅるりと差しこんだ。

「んふ…っ」

指を抜かれた反動で、穴が唐突に窄まった。乾いた粘膜が九堂の舌に張りつき、九堂の唾液を吸収する。廉に、九堂が滲みてゆく。九堂の唾液で、そこが潤う。

大胆に舌を動かされ、たまらず廉は動きに合わせて腰を揺すった。自然、前が勃ちあがる。

無意識に廉は、床に救いを求めていた。這うようにして手を伸ばし、ソファと九堂を蹴りながら床に逃れた。

それでも九堂は追ってくる。床を這う廉の背に覆い被さり、手近にあった一升瓶を逆さにして巨大なペニスを存分に濡らすと、廉の尻の肉をつかんで割り広げ、一気に穿った。

「ひ――――――‼」

廉は跳ねた。陸揚げされた魚のように。

廉を床に這わせたまま、九堂が強靭な杭《くい》を休みなく打ちつけてくる。

「あ、あかん、痛い、九堂、床が…ひ、肘と膝が、痛い…っ！」

必死の訴えを、一応は聞き入れてくれたらしい。抱きあげられ、廉はホッとしてテーブルに両手を突いた……のも束の間、なんと九堂はその体勢のまま、垂直に押しこんできたのだ。

「はぁっ！」

真下から反動をつけて突きあげられ、体が床から浮きあがった。

「おまっ、これっ、あ……あかんっ！」

「ええのう、廉。お前の重みで、根元までグッと刺さって、ええ具合じゃ」

「なんもええ具合っちゃうわいッ！」

せっかくのマグロが逆流しそうだ。上下運動から逃れたくて、廉はテーブルに縋りついた。食器が落ちる。床で砕ける。激しい音をたてて割れる。それでも九堂はやめてくれない。必死になってテーブルに張りつく廉の背に被さって、今度は床と平行にスライドし、廉の中に埋めてくる。マグロを食って精力をつけたのは、廉ではなく九堂のほうだ。

「どや、廉！　少しは熱下がったやろ！」

「上がる一方じゃ！　ボケッ！」

と怒鳴ったところで、止めてくれる男ではない。

だから廉は降参した。首を横に振り、好きにせえと言ってやった。まだ熱は下がらないから。だから、下がるまで続ければいいと、行為続行を承諾した。

廉は九堂に癒されても、九堂自身は、まだ少しも癒えていないのかもしれない。瀬ノ尾が廉にした仕打ちは、九堂の目に、しっかりと焼きついているのだから。

岩城の組長を辱められた。廉を嬲り者にされた。そのどちらも九堂にとっては、自分の身を切られる以上の痛みなのだから。

廉を抱くことで、少しでも九堂が癒されるなら、どれだけでも抱かれてやる。たとえ病床にあっても、喜んで九堂の杭に穿たれてやる。

「お前の熱は、わいが下げたる。わいが楽にしたる。わいがこの手で、お前の病気を治してやる。ええか、廉。廉、廉、廉…！」

「好きに、せえ……」

振り落とされないよう、廉はテーブルにしがみついた。腰をぶつけられ、食卓の端でペニスを潰されながら、歓喜の絶叫を放ち続けた。

強烈な痙攣に襲われて、無我夢中で廉は暴れた。テーブルに並んでいた食器たちは、無残にも床で粉々だ。それでも九堂は休むことなく、廉の粘膜を削《そ》ごうとする。廉も九堂の激情を、開きっぱなしの穴ひとつで受け止めている。

「あかん、出る……！」

とっさに叫ぶと、九堂が上体を起こしてくれた。立ったまま、最初の射精。食卓に精液が飛散する。奥歯をガチガチ言わせながら、廉は背後に同調を促した。

「く、くど…う…っ、お前も…っ」

おお、という短い承諾の直後、勢いよく腸壁を叩かれた。破裂力に圧倒され、何度も気が遠くなり、そのたびに廉は自分で自分を奮い立たせて意識を繋ぎ止めた。

麻痺した器官が、そこだけ単独の生き物に変貌してしまったかのように、奇妙にヒクヒク波打っている。九堂との性交は、本番のみならず余韻も限度を超えている。

「急須と湯飲み……汚して、しも、た」

「かまへん。お前のダシが染みついて、上等の茶が飲めるわ」

肩越しに廉の唇を啄《ついば》みながら、笑みを交えて九堂が言った。「お前、どこまで盲目やねん」

と廉が呆れて突き放しても、「ほんまにのぅ。自分でも底知れんわい」と、臆面もないセリフで廉の心を刺激するのだ。

「……ガチで答えんなや」

照れ隠しで「アホ」と零すと、微笑みを浮かべたまま九堂が抜いた。嬌声を漏らしつつ、廉は余韻に身を捩った。

軸を失ったとたん腰砕けになってしまい、ずるずると床に崩れ落ちた。このまま眠ってしまいたい。そうすれば少しは熱も下がるだろう。きっと楽になれるだろう。

「面《つら》が拝めんのは、つまらんでのぅ」

抜いた理由を九堂が吐いた。すぐさま廉を抱えて食卓に乗せ、ゴロリと転がし、仰向けに返し、腰を狙って大砲を構えた。ぞわ……と寒気が背筋を駆ける。

「お前、終わるん違《ちご》たんか！」

「アホか。これからじゃぃ」

まだやる気か。まだ病人を犯す気か！

受けてみせると誓ったくせに、「もう勘弁してくれ…」と廉は泣く泣く訴えた。それを右から左に聞き流し、廉の足首をつかんでガバッとV字に開いた九堂が、間髪容れずに押しこんできた。

「ひぃぃ！　いぃっ、い…——————ッ！」

途切れぬ悲鳴を発しながら、廉は九堂を締めつけた。自分の意志ではない。脊髄反射だ。廉は髪を乱し、首を振り回して泣き喚いた。

先端から濁った液が噴きあがる。出るたび水分が失われ、体温がどんどん上昇する。このまま肉体が干涸《ひか》らびてしまうのではないかという壮絶な恐怖に襲われる。

休みなく打ちこまれ、体の芯は熱くて痛くて、股間はまさしく焼けつくようで、放射する精液さえ溶岩のように感じられる。

先端から噴きあがるたび、狭い尿道は摩擦で燃え、うしろの粘膜をこすられるたび、膨張した直腸がドロドロに溶けだしてゆく恐怖に震えた。しまいには股間が焼け爛れ、そこから身がボロボロと崩れていくようで、恐ろしくてたまらない。それなのに疼く。体が。心が。喉が乾く。神経が戦慄《わなな》く。早く、頼むから早く終わってほしい。早く解放してほしい！

「あかん……あかん！　熱い、めっちゃ熱い、熱い、九堂、九堂…っ！」

「もうちょいや、我慢せえ！」

「九堂、九堂、く……アァッ！」

何度目かの暴発に、廉は限界まで仰け反った。

腹の上は、自分の吐いた精でぬらぬらと光っている。九堂の手料理とふたり分の精液が混ざりあっているダイニングのあちこちで、奇妙な匂いが放たれている。

九堂に大きく突きあげられ、テーブルの端から頭がガクンとずり落ちた。

逆さになった廉の視界に飛びこんできたのは。

開けっ放しの、ダイニングのドア。

天地逆転の扉が、視界の真正面に聳《そび》えていた。

もしもいま、洋平が帰ってきたら。

またノックもせず、勝手に入ってきてしまったら。

玄関を越え、廊下を曲がり、このダイニングを目撃されてしまったら、そうしたら――。


杞憂《きゆう》で終わってくれればよかったのに。

一日中でも繋がっていられると豪語する九堂に、どれほど協力を求めたところで、子分が買い物に出かけている短時間でコトを終えられるはずがなかったのだ。

許した自分が甘かった。

玄関の施錠が外れる音が聞こえたような気は、していた。

だが九堂が、一層大きく突きあげたジャストのタイミングだったから、始末が悪い。

身を仰け反らせ、訊くに耐えない淫らな嬌声を放った最悪のタイミングで。

なんとも見事な体液の放物線を、高々と宙に描いてしまった。


「びょびょびょびょびょびょびょびょ病人相手に、なにしてまんね――――ん‼」

両手に抱えた氷をドサドサッと落とし、洋平が絶叫した。

誤魔化しようのないシチュエーションに困り果てた（のだろう）九堂が、とりあえず廉の中に残滓《ざんし》を絞りだしながら、開き直って低く唸った。早かったのう、と。

あんぐりと口を開け放った洋平が、茫然と立ちつくしている。最後の気力を振り絞り、廉は震える腕を洋平に向かって差し述べた。

「もーあかん、洋平、死ぬ……」

ガックリと力尽き、情けなく白目を剥いてしまった。

「しししししししし死なんといてくださいぃぃ、組長おぉぉお――――ッ！」

洋平の悲鳴が、虚しく室内にこだました。


あとから洋平に聞いた話だが、九堂は今回の件を、あくまで「熱冷まし」だと言い張ったらしい。

それを洋平がどこまで信じたかは知らないが、以来、洋平は誰を訪ねるにも必ずノックを欠かさないようになったそうな。

そして廉はといえば、いまだ体内で疼く熱に翻弄され続けている。

それは、九堂了司という名の、灼熱。

夜毎《ごと》この身に灯され続ける熱き炎は、どうやら生涯、鎮火の兆しはなさそうだ。

獣・真蛸

「三十六度二分。平熱に戻ったな」

体温計の数値を読み、九堂《くどう》が安堵で頬を弛めた。

寝乱れた浴衣の裾を直しつつ、廉《れん》はキングサイズのベッドから身を起こした。これでやっと岩城《いわき》の屋敷に戻れる……そう思うだけで、安心感を上回る疲労感がドッと押し寄せる。

廉は先日、裏切り者の大幹部・瀬ノ尾《せのお》の手に落ちた。

瀬ノ尾会の裏金作りの拠点、SMクラブに拉致された廉は、ワイヤーロープで宙吊りにされたあげく鉱責めに遭い、男たちに輪姦された。さらに壮絶なことには、人間ではない生き物に肉体の内部への侵入を許してしまったのだ。その物体が何だったのかは、もう二度と思いだしたくない。

九堂の命懸けの救出劇で、廉は岩城の屋敷へ生還を果たした。そして自分の身に降りかかったおぞましい記憶を過去へと押しやるために、自分の指を詰めようとした。

己による己の処罰は未遂に終わったが、その時点で廉の神経はピークに達していた。

そんなボロボロの状態で、今度は九堂を身に受け入れ、その圧倒的な力で犯され、しかし膨大な安堵を抱きながら、廉はみごとに失神した。気づいたときには、岩城の屋敷から徒歩五分の、九堂のマンションへ運ばれていたというわけだった。

九堂はじつに甲斐甲斐しく廉の世話をしてくれた。驚くことに、手料理まで振る舞ってくれるという献身ぶりだ。洋平《ようへい》が大阪の卸売市場で仕入れてきた築地直送の巨大マグロを、十数種類の品へと変貌させる腕前は、正直プロの料理人を凌《しの》いでいた。

だが、そのあとがマズかった。……いや、料理は美味かった。それはもう、文句のつけようもないほどに。ただただ廉が困惑したのは、その豪勢な手料理のあとに待ち構えていたデザートタイムだ。

岩城組の若頭・九堂了司《りょうじ》は身の丈一九〇…を少し越える。当然の比率として、下のサイズも形状も標準枠を遥かに凌駕している。いくら栄養を摂取したからといって、そんな異形の逸物を病みあがりの身でまともに食らってしまえば、結末は容易に想像できる。

かくして廉は、九堂の常軌を逸した抱擁により、再び高熱に倒れてしまった。その後丸一日、九堂宅のベッドでウンウンうなされていた……というわけである。

そして今朝、体温計が平熱値を示してくれた。まったくもって大変な数日だった。九堂の伴侶を務めていると、病に伏すのも命懸けだ。

「なんや、しんどそうな顔して。熱下がったのに、どないしたんや」

起きようとする廉の背を支えてくれながら、九堂が呑気なセリフを吐く。誰のせいじゃ、と吐き捨てたい気持ちをグッと堪《こら》えて、「風呂、沸いとるか?」と平然を装って訊いた。ヘタなことを言って九堂の性欲スイッチを押してしまったら、屋敷への帰還が無期延期になりかねない。

「おお、適温や。ゆっくり浸かってこい。いま洋平が食料買いに行っとるわ。風呂から出たら、たらふく食え」

食ったら寝る。起きたら食う。わかりやすすぎて腹も立たない。「そら、おおきに」と放り投げて、廉はさっさと浴室に向かった。


「あー、めっちゃ気持ちええのぉ」

大理石製の大きなバスタブに肩まで浸かり、廉は全身の力を抜いた。掌で湯を掬い、ザ……ッと顔を洗う。湯の跳ねる音に心が安らぐ。

だが、寛《くつろ》いでばかりはいられない。風呂から出たら、すぐにでも屋敷へ赴き、勉強の遅れを取り戻さなくては。

じつは廉は週に二度、屋敷内に経営学の教師を招き、専門の講義を受けている。極道の心得講座に、暴力団としての社会との関わり方講座などなど、いわゆる「極道基礎知識」だ。未成年組長ゆえ不行き届きがある代わりに、机上の学習だけは前向きに重ねていた。

将来はネット関係に強いインテリ国際ヤクザに成長し、青年実業家としての技能と知識を身につけてやる……と支離滅裂な妄想にだらしなく顔の筋肉を弛めていたら、ピンポーンとインターホンが鳴った。

浴室に接している通路を、九堂が行き来している気配。洋平が戻ってきたらしい。

「いやーもう、市場はどえらい賑わいでしたわ。朝も早よから大盛況！　昨日のマグロに負けん大物、競り落としてきましたで！」

浴室のドアの向こうで、洋平が揚々と声を張っている。よほど自慢の獲物らしい。

「頭の料理の腕がギラッギラ冴《さ》えて、バッキバキ腕が鳴るシロモンでっせ！」

洋平の活《い》きの良さにクスクス笑いながら、廉はバスタブから洗い場へと移動した。擦りガラスのドアの向こうで正座して、洋平が守備を報告する。

「ただいま戻りました、組長。大阪モンにはこれが一番やーいうやつ買《こ》うてきました！」

「おお、ご苦労やったな。で、なに買うてきたんや」

「タコです。真蛸《まだこ》。えらい活きのええやつが水揚げされてましたんで、それくれー言うて、せしめてきましたわ。いまも……聞こえまっか？　スチロールのフタ押しあげて、出せー言うて暴れてますねん」

言われて、ほんまか……と耳を澄ませれば、なにやらガタガタと音が聞こえる。

「えらい元気やのぅ。そんなん食うたら一発で元気になるな」

おおきにな～と、シャンプーのポンプを押しながら礼を言うと、照れて頭を掻く洋平のシルエットが見えた。……いい兵隊だ。素直で忠実で、あっけらかんとしていて陽気で。そのうえ廉と九堂を心底慕ってくれている。

ガシガシと髪を泡立てながら、「たこ焼きはマストやで！」と注文すると、「ソウルフードを忘れるわけあらしまへんっ」と突っこみが飛んできて、廉はゲラゲラ笑ってしまった。

九堂も横から顔を出し、「たこ焼き器、どっかに仕舞いこんだままじゃ。探すで待っとれ」と、浮かれた口調で補足している。タコパですな～と言いながら、洋平がドアの前から離れた。

極道は家族――一家だ。集うやつらの大半は社会に適応せず、共感できず、馴染めずに、こちら側へ流れてきた。だからこそ同種に対する情は深く、濃い。元々は廉も暴走族を率いていた。良かれ悪《あ》しかれ、ここに集う気持ちは理解できる。

湯の温もりだけではない、どこか切ない温かさが廉の心を確実にほぐしてゆく。

いつしか干渉に浸っていた自分に苦笑し、頭から湯を浴びた。勢いが良すぎて、シャンプーが目に流れこむ。手探りで蛇口を探していると、ふいにドアが開く音がして、手を止めた。

「九堂か?」

目を閉じたまま問うが、返事はない。空気圧で開いたのだろう…と勝手に片づけ、再び蛇口を探すべく手を伸ばしたら。

ペトッと何か冷たいものが、手首に触れた。いや、巻きついた気がした。水滴だろうか。わからないまま蛇口を捻り、顔を洗って目を開き、手首を見て。

「………え?」

一瞬、目がテンになった。

廉の手首に、はっきりと何かが巻きついている。やや紫がかった灰色の、不気味な光沢を帯びて光る軟体物が。

恐る恐る視線をずらし、その「触手」の本体を確かめたとたん、廉は絶句し、息を呑んだ。太くて長い触手をぐねぐねと活発に波打たせながら、巨大なタコ……真蛸が、楕円形《だえんけい》の胴体を擡《もた》げ、にゅるにゅると滑るようにして洗い場で悶え狂っていたのだ。

「なななななななななななんで風呂場にタコなんじゃー！」

触手を真横にまっすぐ伸ばせば、確実に廉よりデカイ。それに気づいたとたん、全身から血の気が退《ひ》いた。自分はいま素っ裸だ。コイツと戦う武器はない。

慌てて立ちあがった拍子に、真蛸の腕を踏みつけてしまった。やばい…と思うより早く、延髄《えんずい》反射で真蛸が飛び掛かってきた。

「ぎゃああああ――――‼」

廉の絶叫に、九堂たちの反応は早かった。

「廉っ！」

「どないしはりました、組長！」

駆けつけた九堂と洋平が、バンッと浴室のドアを開け、ふたり同時に凝固した。

廉はと言えば、仰向けに倒された体勢のまま、巨大な真蛸にのしかかられ、ぎゃーぎゃー騒ぎながら虚しい抵抗を続けている。

なぜ虚しいのかと問われれば、理由は明白。一度でも蛸に吸いつかれた経験のある者ならわかるだろう。軟体な見た目とは大きく異なり、とにかく強い。引きが強い。あの吸盤は、吸いつかれれば大けがをする凶器であり、無理に剥がせば皮膚が剥がれる強靱《きょうじん》なパワーを秘めている。真蛸の強力な吸盤は、すでに下のタイルと廉の皮膚との双方に吸着して、とてつもない馬鹿力で「獲物」を押し倒しているのだ。

「うわわわわっ」

真蛸の腕が、腰にぎっちりと巻きついた。八本の触手が両手両脚に絡みつき、あらぬ角度へ曲げにかかる。固い吸盤が、廉の太腿の内側の柔らかい肉を探り当て、強く吸った。痛みに腰を跳ねあげながら必死で応戦している廉を、まだ九堂たちはポカンと見おろしたままだ。

「眺めとらんと助けんかい！　ボケ‼」

怒鳴りつけると、まず洋平が正気に戻った。暴漢を退治せんとして真蛸の胴体を両手でつかみ、バスタブの縁に片足を置き、渾身の力で引っ張りあげる。ペキ、パキ、と不気味な音を弾かせながら、吸盤がタイルから外れ、真蛸の体が少し浮いた。だが真蛸も、正念場とばかりに極道顔負けの意地を見せ、一層強く廉に巻きつくのだ。

「あ…あかん洋平、そない強う引っ張ると……苦しい……、ぁあん」

思わず悶えてしまったのは、真蛸の触手が尻の割れ目を這ったからだ。割れ目に沿って進む触手は、さらに谷間の奥へ奥へと、その先端を伸ばしてくる。

廉は懸命に腰を突きだし、回し、あらゆる抵抗を試みた。だが真蛸も、外されてなるものかとばかりに必死で食らいついてくる。吸盤に皮膚を揉まれるたび、無数のディープキスを何十人もから一斉に浴びせられているような錯覚に陥り、体の芯からゾクゾクした。

「あ…っ、あ、うん…っ」

堪《こら》えても堪えても声が漏れる。触手が脚の間でのたうち回り、廉の性器に絡みつく。

洋平が、いきなりブーッと鼻血を吹いた。

「すっ、すすす、すんません組長っ、俺、もう……もうあきませんーっ！」

「もうええ、洋平。下がっとれ」

やっと九堂が前に出た。「はいぃっ」と声を裏返らせ、洋平がダッシュで逃げていった。

今度は九堂が真蛸と対決する番だ。すぐに剥がしてくれるかと期待したのも束の間、九堂は傍らに片膝をつき、真蛸と廉の乱交を、なぜかじっくり観賞している。

「なに呑気に見とんねん！　はよ助けてく……れ……っ、んっ、あっ、あ…ん」

足を閉じようとするものの、真蛸はそれを上回る強さと執拗さで廉の足を広げ、股間を執拗に弄ってくるのだ。廉の陰茎を、まさか仲間だと思っているわけはあるまい。

「見てんと助けてくれ、九堂！　俺のミニ蛸が食われてまう！　はよ剥がしてくれ……ヒッ！」

触手が陰嚢に絡みついた。大小様々なサイズの吸盤を蠢《うごめ》かせながら、また別の触手が腿に巻きつき、新鮮さを誇示する腕力でもって廉の足を全開にした。そのあられもない体勢で、まるで九堂に「見せたろか！」と言わんばかりに廉の性器に巻きつき、上下に扱き、あろうことか尖《とが》った先端で尿道口をくすぐり始めたのだ。

「はぁ……っ」

「――――おお」

真蛸の技に九堂が唸る。感心しとる場合か！　と、廉は顔を真っ赤にして吠えた。

そうこうしているうちに、腰に巻きついていた触手が胸へと伸び、どうやら乳首に興味を示してしまったもよう。こすられて尖ったそれに、すかさず吸盤を貼りつけられ、揺すられた。

「いやや、いや…、あっ、あかん、あかんて……っ」

身も世もなく廉は乱れた。左右の乳首を嬲られながら、腕の自由も奪われて、股に至っては目を覆うほど凄まじい狂態を晒している。

波打つ触手は枝分かれして股間の逸物へ、そして腰から伸びて乳首と肩へ。果ては襟足《えりあし》からスライドして耳の後ろへ。八本の腕と無数の吸盤によって、廉はあらゆる性感ポイントを嬲られ続け、悲鳴もすっかり嗄《か》れてしまった。

戦う気力もゼロになり、あとは真蛸の体力と興味が尽きるのを待つしかなく――――という段になって、ようやく九堂が手を差し伸べてくれた。遅いっちゅーねん…と恨み言を呟きつつ、だがこれで逃れられる…と安堵したのも束の間。

真蛸を引き剥がしてくれると疑いもなく信じていたのに、なんと九堂の手は廉の尻へと伸び、いきなり指を押しこんできたのだ！

「ひ…！」

真蛸に負けじと硬く窄めていたソコは、簡単に突破されてしまった。人差し指を押しこまれ、もう一本入れられた。グイッと真横に広げられた上、親指までも加わって、廉の体の中心にぽっかりとトライアングルの空洞が出現する。

まさか……と廉は青ざめた。反射的に九堂の股間に目を走らせたが、ゆったりしたパンツを穿いているせいで形状は不明だ。だが九堂なら、やりかねない。

「おい九堂！　われ、こんな状況でセックスかますん違《ちゃ》うやろな……て、うわっ！」

侵入してきたのは、九堂の巨大な逸物ではなく、なんと真蛸の腕だった。

「あ、ああああああー…っ」

廉はそれこそ命懸けで首を横に振り続けた。悲鳴を放ち、体をずりあげ、逃げることのみに集中した。

「あ……い、いやや、あっ、あかん、あかん九堂、こ、壊れる、あぁっ！」

ぐにゅっ、ぐにゅっと予測不能な弾みをつけながら、真蛸が穴に潜ろうとする。廉は目を剥いた。瀬ノ尾に含まされた蛭《ヒル》の感触をイヤでも思いだしてしまう。

それでも、あの蛭以上にひんやりとして、しっかりとした存在感を放つ真蛸の腕は、まるで九堂の陰茎のように巧みだった。熟れた粘膜から熱を奪い、心地よく冷やしてくれるどころか、精嚢の裏側を固い吸盤でコリコリと刺激してくれるのだから、たまらない。

「あ……ぁ……ぁ……っ」

廉は目を閉じ、恍惚となった。これはもう……予想外の快感だ。

それに、九堂が見つめている。

廉の身が本当に危うければ、九堂は絶対に、こんなふうに放置しない。なにがあっても救いだしてくれる。いざとなったら必ず九堂は廉を助ける。その信頼は絶大だ。

それなのに、ここまで呑気に見物している。ということは、廉の命に支障はないと判断を下したわけだ。ということは。

楽しめと、言いたいらしい。

「ん……ふ」

恥ずかしい吐息が鼻から抜けた。真蛸に乳首を玩ばれながら、尻を自在に行き来され、ヌルヌルしたそれで前を扱かれ、全部まとめて揉み解されて、激しい尿意を催した。だが勃起しているせいで、尿より精液が満ちてくる。だからもう、どんどん、どんどん硬くなる一方だ。

「よーし八郎《はちろう》、その調子や」

「は、八郎て、なん……や……っ」

「なんや廉。知らんのか。タコは昔から八郎て決まっとるやろ」

「知るかアホ」

「ほれ、もっと腰入れんかい、八郎」

ニヤニヤ笑いで八郎に声援を送る九堂を恨みつつも、巧みに攻められ続けた廉は、ついに自分から腰を振った。一度振ったら、もう止まらない。我慢できずに九堂の顔を引き寄せた。

「舌くれ。お前の舌……っ！」

九堂に上半身を支えられながら、夢中で唇を押しつけた。口の中も軟体物で犯されなくては、体のバランスが取れないような気さえして、文字通り腰砕けになりそうだった。八郎並みによく動く九堂の舌を貪りながら、思うざま腰を振り続けた。

「気持ちええか、廉」

見透かした口調が腹立たしい。絶対に答えてやるものか…と意地になり、唇に噛みついてやった。平然として九堂が笑う。

「そうも気に入ったなら、今度はイカでも買うたろか」

「いらんわいっ！」

叫んだら腹に力が入り、八郎を締めてしまった。慌てた八郎が粘膜に張りつく。廉の体内でとぐろを巻き、固い吸盤でグリグリと、とんでもないところを押してくる。

「うわわわわ…っ」

血が溜まる。乳首が尖る。内臓が疼く。息ができない。

「あかん九堂、どーしよ、ほんまにあかん！　タコにイカされてまうっ」

「イカでもタコでも、なんでもええわい。思い切ってイっとけ」

「イく、もうイく、九堂、九堂、くど…っ、ぁあ、んアあぁァ――――…ッ！」

ビクンビクンと痙攣し、羞恥で耳まで真っ赤に染めて、ついに廉は噴きあげた。

かなりきつく窄《すぼ》めてしまったせいで、八郎が廉に絡みついたまま暴れ狂う。廉は髪を振り乱し、残滓を撒き散らして嬌声を放った。涙まで流し始めた廉を見て、そろそろ終わりにしよかいのぅと裏切り者が呑気に呟き、立ちあがる。そして九堂が鋭い声で、ドアの向こうの洋平に命じた。

「刺身包丁持ってこい！」

「え……っ」

廉は目を剥いた。九堂＋刃物＝惨殺。全身の血がザッと引く。

肝の小さい洋平が、ドアの隙間から腕だけ伸ばし、恐る恐るブツを差しだす。浴室の照明をぎらりと反射する長い刃に、廉はゴクリと息を呑んだ。まさか八郎に嫉妬《や》いて、俺を殺る気か……と。柄をつかみ、ブンッと九堂が一振りする。

「ちょお待て九堂！　相手はタコやろ！　浮気と違うやろ！　なぁ、ちょお待ってくれっ！」

「待てまへんなぁ」

ペロリと刃を舐めあげて、九堂が残酷に微笑んだ。

刺身包丁が空を切った。

鮮やかに空を飛んだのは、廉の首ではなく、八郎の丸い胴体だった。

廉の肉体を存分に味わって逝った八郎は、九堂によってぶつ切りにされ、一片残らず食材の刑に処された。ちなみに廉の体内に不法侵入した不埒で大胆な触手については、その場で九堂が胃袋送りにした。九堂ならではの見事な裁きだ。

というわけで、本日の昼はイモタコ南京に蛸の炊きこみご飯、きゅうりと蛸の三杯酢和《あ》え、大たこ焼きに蛸の刺身、蛸サラダに蛸の唐揚げと、九堂シェフによる真蛸づくしメニューがテーブルを占拠した。

「よぉ噛んで、跡形ものう消したってください。組長に手ェ出した報いですわ」

どう見ても面白がっているとしか思えない九堂の戯言《たわごと》を右から左へ聞き流し、廉は黙々と、スケベな八郎を胃袋に収めてやった。

獣・覚醒

玄関に足を踏み入れるなり、一升瓶が飛んできた。

了司《りょうじ》の顔の真横の柱で、激しい音をたてて粉々に割れる。

長屋風の古びた家屋は、いまどき珍しいだろうか。老朽化のため安全を保証できないとの理由で、昨年からたびたび立ち退《の》き要請が出ているが、この一帯に住む者は誰も引っ越そうとはしない。理由はただひとつ。金も行き場もないからだ。

梅雨時は、道端に立っているだけで野犬や野良猫の糞尿《ふんにょう》の匂いが漂ってくる。だが家の中も、たいして変わらない。湿気によるカビ臭さだけではなく、精気の失せた人間が発する、あの独特の饐《す》えた腐臭が、狭い六畳間に充満している。

了司は眼球をゆっくりと巡らせて、一週間ぶりに戻ってきた家の中を見回した。日に日に荒廃してゆく我が家。すでにここは、まともな人間の住む場所ではなくなっている。

真っ昼間から焦点の定まらない目つきでだらしなく畳を徘徊《はいかい》しているのは、アルコール漬けの父親だ。空っぽの一升瓶が、畳に数本転がっている。ブルブル震える手で一升瓶をつかみ、引き寄せると、落ちてもこない滴を求めて逆さにし、しつこく舌で受け止めようとしている。惨めで哀れで、情けない姿だ。

「なに見とんねん。おお?」

父親が、了司に酒瓶を投げつけた。窓枠にぶつかって割れたそれが、了司の頬を傷つける。だが了司は血を拭いもせず、またたきもせず、微動だにもしなかった。父親の前で感情を露わにするなど、いまはもう、ほとんどない。

十七歳の了司は、一度も高校へ行ったことがない。中学のころから年齢を偽り、日雇いの肉体労働で食いぶちを稼いでいる。母親は生まれたときからいない。父親は、このありさまだ。酒浸りで仕事にありつけるわけがない。アルコールに肝臓を侵され、痩せこけて、いまや歩行すらままならないのだから。

了司の目が気に入らないのだろう。父親が、今度は罵声を浴びせてきた。

「なんじゃそのツラは！　それが血ィ分けた親に対する態度か！　酒や！　酒買《こ》うてこい！」

血の繋がりさえなかったら、他人でいられた。血ほど煩《わずら》わしいものはない。こんな親、いつかこの手でぶち殺してやると了司は思う。だが……。

「あ！　兄《にい》ちゃんや！」

弾むような声がして、了司は背後を振り向いた。雨の中、傘も差さずに小走りでやってきた詰め襟姿は、腹違いの弟・智司《さとし》だ。

了司は無言で目を細めた。不憫な弟。こんな父親でも見放すことなく、甲斐甲斐《かいがい》しく世話をやく心優しい弟だ。その弟は現在中学に通っているものの、おそらく来年の高校進学は、了司と同じく断念を余儀なくされるのだろう。

母親似の端整な面《おも》立ち。母親そっくりの平和主義者。そんな智司の母親もまた、智司を残して姿を消した。

こんな長屋には不釣りあいの純真な目が、通学鞄を抱えて了司の前で立ち止まり、羨望ともとれる表情で仰ぎ見る。

「お帰り、兄ちゃん」

「……おお」

焦《こ》がれるような、縋るような、いまにも泣きだしそうな瞳。ひ弱な智司は、いつもこんな視線を了司に注いでは、「強うてカッコようて、俺の自慢の兄ちゃんや」と、口癖のように繰り返すのだ。

「一週間ぶりやな、兄ちゃん。今日は仕事《げんば》あらへんの？　ああ…そうか、雨ひどいもんな。そしたら久々に家族三人で飯食お。兄ちゃんの好きなもん作るし。な？」

智司の頬は、今日も紫色に腫れている。また父親に殴られたのだろう。了司の視線に気づいた智司が、慌てて腫れた頬を隠す。

どうも智司は、了司が家に寄りつかない原因が、自分のせいだと思いこんでいるふしがある。自分がひ弱すぎるため、強靭な兄は、弟を疎《うと》ましがっているのだ…と。

そんなはずがないのに。了司はこんなにも、智司を大切に思っているのに。

誰よりも智司を愛しているのに。

「家《うち》入ろ、兄ちゃん。な？」

了司の腕をひっぱる智司を、父親が罵倒する。

「そないな極道、家の敷居を跨がすな！　それを産んだせいで最初の母ちゃんは死んだんやぞ！　それに怯えて、智司の母ちゃんも出てったんやぞ！　了司は鬼子じゃ！」

この程度の父親から、極道呼ばわりされる覚えはない。まして了司は極道ではない。鬼子でもない。ただの人間だ。父親のくせに、わからないのか。鬼はお前だ。

了司は弟の腕を振りほどいた。出ていこうとする兄に、智司が悲痛な声で縋る。

「いやや兄ちゃん！　行かんといて！　兄ちゃんっ！」

心臓を抉られる思いがした。足が前に進まない。

智司が背中にしがみつく。智司の細い両腕が……了司の胸筋を抱きしめる。

「俺、もっと強うなる！　兄ちゃんの重荷にならんように頑張るから、な？　卒業したら俺も兄ちゃんと一緒に働く。な？　そやで、頼むで家におって！　なぁ、兄ちゃんっ！」

この痩身のどこに、これほど強い力が秘められているのかと驚くほど、智司は必死だ。

了司の手が、無意識に弟との接触を求めて動いた。身を返し、智司の手首をつかみ、左右に開いて玄関の壁に押しつける。真正面に兄を臨み、智司の瞳が激しく揺れる。

「今日だけでええねん。な？　兄ちゃん。俺、兄ちゃんの言うことなら、なんでも聞く。そやで兄ちゃん……今日は泊まってって。な？」

了司の口中に、いやなえずきが湧いてくる。兄の胸中に巣くう邪《よこしま》な欲望などには気づきもしない無垢《むく》な智司が、兄の庇護《ひご》を求めて目を潤ませる。まるで、誘うように。

これ以上は直視できず、了司は逃げるように智司の腕を払った。

「兄ちゃん…っ！」

切ない悲鳴が、背後で響いた。

雨の中、了司は無言で立ち去った。


「了ちゃん、最近また背ぇ伸びたんちゃう？」

「ほんま、ガタイもようて、エエ男に成長したわぁ」

「なんやもう、うち、ホレてまうわ」

女たちの囀《さえず》りに、了司は目だけをそちらへ向けた。豊満な乳房を隠しもせず、女たちは了司をとり囲むようにして筋肉にベタベタと触ってくる。それを無視して、了司は店屋物の丼飯を口いっぱいに詰めこんだ。

ここは、出番を待つ女たちの控え室。ストリップ小屋の楽屋だ。

安っぽい蛍光灯。あちこち剥がれた天井の壁。噎せ返るような白粉《おしろい》の匂い。あぐらをかいて陰毛を剃《そ》っている女、脇の下の手入れに余念のない女、陰部の腫れを確認している女など、過ごし方は様々だ。

家に戻らない日は、了司はたいていここに転がりこんでいる。了司の母も、了司を妊娠するまでは、ここで働いていたそうだ。だから了司は赤子のころからストリップ小屋に出入りしていた。と言うより、ここで暮らしていた。母の顔も、抱かれた記憶もまったくないが、この場所がなんとなく落ちつくのは、故郷のような感覚が残っているからかもしれない。

女たちはみな喜んで、了司の性欲解消の相手になってくれる。だが了司が女たちの癒しに感じるのは、母性まがいの情だけだ。

やかんの湯を丼に注いでいると、ここで一番若いマサミが白い乳房を押しつけてきた。

「なぁ了ちゃん。ちょっと先っぽ吸うてくれへん？　今日はなんや調子悪うて、うまいこと勃たへんのよ」

見ると、乳頭がへこんでいる。了司はマサミの乳房をつかみ、大振りな乳頭をばくりと咥《くわ》えた。

強く吸いあげたとたん、あん…とマサミが声を漏らし、足を広げて催促してきた。請われるままに下着の上から秘部をいじってやると、マサミは腰を振って快感を露わにした。

「マサミちゃん。舞台衣装にシミがつくよって、中で触《いろ》てもらいな」

同僚の忠告に、そやな、とマサミが素直に頷く。自分から下着の中心を横にずらし、陰部をチラつかせて催促した。

「…まだ飯食うてる最中や」

「そんなん、あとでええやん。仕事終わったらラーメン奢ったるさかい。なあ早よぉ」

仕方なく了司は丼を床に置き、指を布地の奥に潜らせ、適当に動かした。

「ちょっと了ちゃん。真面目にやってぇな。あ、爪は立てんといてや」

頷いて、中指を膣《ちつ》に挿入したまま親指の腹で硬い粒をこすってやると、マサミがピクピクと身を震わせて、熱い息を鼻と口の両方から漏らした。達するのが早すぎる。

「よかったなぁ、マサミちゃん。いっぺんにお乳の色が良うなったで」

周りから囃《はや》されて、蕩けそうな顔でマサミが笑い、了司の指を締めつける。マサミの内部の痙攣が治まるまで、了司はマサミの中に指を嵌《は》めておいてやった。

と、ふいに楽屋のドアが開いた。

見知らぬ男の出現に、女たちが驚く。キャッとマサミが飛びあがり、慌てて下着を元に戻し、了司の背後に身を隠した。

男は帽子を斜めに被り、ストライプのスーツを粋に着こなしていた。だが、カタギではない。襟にはしっかりと岩城《いわき》組の大紋《だいもん》が光っている。

「なんやの。今月の見回りは、初顔《はつがお》さんですの?」

古株のストリッパーに初顔さんと呼ばれた男…三十半ばだろうか…は、了司を見るやいなや、突然クワッと目を剥いた。靴を脱ぎ捨て、上がりこむ。詰め寄る顔は、極道というより街のホストだ。だが鼻柱を真横に走る刀傷が、この男が一癖も二癖もある強者であることを証明している。眼球近くに傷を持つ人間ほど、度胸が据わっているというのは定石だ。

極道者など見慣れている女たちが、まったく怖がりも恐れもせず、興味津々の面持ちで男を取り囲む。

「なんや兄さん、かっこええなあ。芸能人みたいな帽子被って」

「それ、ボルサリーノ言いますんやろ？　よう似合《にお》てますやん」

女たちののんびり口調に気を削がれたのか、う…と言葉に詰まった男が身を立て直し、了司を指した。

「わいのことはどーでもええねん。それよりなんや、このガキは。…おいクソガキ。われ、うちの商品に、なに手ェ出しとんねん。業界のルールっちゅうもんを知らんのか」

「……」

「なんとか言え！　われ、殺すぞ！」

男が、了司のランニングシャツの胸ぐらをつかんだ。了司の首に両腕を巻きつけていたマサミが、ムキになっている男を突然ゲラゲラと笑い飛ばす。

「兄さん、なに子供相手に凄《すご》んではるん。この子はなぁ、こーんな小ちゃいときから、うちらが面倒みとるんよ？」

そうそう、と他の女たちも口を揃える。あのころは可愛かったなぁ…と、思い出話に勝手に花が咲き始める。

「うちのアソコを一番知ってんのは、あんたら岩城組の幹部さんやのうて、この了ちゃんなんよ？　ダンナのおらん独り者は、みーんな了ちゃんに抱いてもろて、女にしてもろてん。おかげでうちらの肌の瑞々《みずみず》しいこと。岩城の兄さんらは、もっと了ちゃんに感謝しいや」

女たちのセリフに、ホンマか、と男が目を丸くする。お前いくつや、と訊かれ、十七よ、と了司の代わりにマサミが答えた。男がポカンと口をあける。呆れているのか、感心しているのか、羨んでいるのか。

了司は黙って男の手を押し戻した。歳相応でない了司の落ち着きぶりが気にくわないのか、男が眉を跳ねあげ、検分するように見回して言った。

「われ、ヤクザ相手に大層な目つきやのぅ。刺されても文句言えんぞ。おお？」

男が懐の匕首《あいくち》を見せつけ、無意味に了司を挑発した。喧嘩《けんか》を売られて逃げたことはない。相手がその気なら…と、了司が腰を上げかけたとき。

ストリッパーたちの姉貴格・看板女優の綾乃《あやの》が、鏡越しに了司に忠告を投げた。

「了ちゃん、やめとき。そちらさん、岩城組の後継ぎさんやわ」

えっ、と驚いてマサミたちが綾乃を振り向く。化粧を終えた綾乃が、深紅の長襦袢《ながじゅばん》の裾を優雅なしぐさで直し、こちらへ向き直った。

「…別嬪《べっぴん》さんやのぅ」

男がピュウッと口笛を吹く。綾乃は表情ひとつ変えずに背筋を伸ばし、丁寧に三つ指をつき、わざわざお越しを…と頭を下げた。他の女たちが慌ててそれに倣《なら》う。ひとり視線を外さない意固地な了司を、綾乃が鋭い声で諭す。

「了ちゃん。こちらさんは、最近まで広島の大藪会で勉強してはった方なんよ。…次期組長さんに、ちゃんとご挨拶しとき。あんたになんかあったら、智司ちゃんが困るんやで?」

弟の名を出されて、了司は胡座《あぐら》を正座に直した。ペコリと首を縦に振る。その聞き分けの良さが可笑しいのか、次期組長が肩を揺らした。

「なかなか物わかりのええガキやんけ。なんやコイツ、見かけ倒しかい」

「智司ちゃんは、了ちゃんの宝やもん」

マサミがよけいな口を滑らせ、次期組長が、ほう…と眉を跳ねあげた。

「なんやお前、ブラコンっちゅうやつか」

それには答えず、了司は黙って立ちあがった。とたん、次期組長がギョッと目を剥いて一歩下がった。

身の丈一九〇という長身に加え、肉体労働で鍛え抜かれた頑強な男の全景を目にし、さすがの極道も面食らったらしい。ゴクリ…と息を呑み、お前の名前は?　と訊ねてきた。

「…九堂《くどう》了司」

「了司か。ええ名前やな。わいは広島大藪会系列、関西岩城組の岩城宗一《そういち》や。なぁ了司よ。お前、わいの用心棒にならへんか?」

いきなりの譲歩に、女たちが爆笑した。


帰るつもりなど、なかったのに。

だが足は、無意識に長屋へ向かっていた。そして了司は、玄関の手前で足を止めた。

雨音に紛れ、今夜も湿った声がする。弟の――智司の、喘ぎ声が。

「あ……っ、あ、ああ、も……堪忍して、父ちゃん……ぁ、ああっ！」

雨戸すらない磨《す》りガラスの窓に、もつれあうふたりが投影される。逃げても逃げても髪をつかんで引き戻され、畳に這わされ、尻を犯される智司の悲しみが、窓に映る。

了司は路上に立ち竦んだまま、動けずにいた。昼間の弟の声が、脳裏に虚しくこだまする。

『いやや兄ちゃん！　行かんといて！』

必死で縋り、懇願する目。こうなるとわかっていながら、了司は弟の手を振り解《ほど》いた。助けるべきでありながら、了司は逃げた。逃げてしまった。

「いや、も……いやや、お父ちゃん、やめて、も…許して、許して、ア…あ――……！」

影が魚のように跳ねあがり、しばらく痙攣したかと思うと、やがて崩れて沈黙した。

霧雨に打たれながら、了司は拳を握りしめた。血の繋がった父親に対する侮蔑《ぶべつ》と憎悪と殺意と、そして……増殖する、智司への欲望。

弟の喘ぎ声を聞きながら、了司は、勃起していたのだ。

了司は我が身を呪った。なにもかもが憎かった。了司を産んだ直後に絶命したと言われる母も、智司を置いて失踪した義母も、そして、了司の稼ぎを酒に変え、弟の生き血を吸ってのうのうと性欲を満たす父親も。

了司は拳を開いてみた。掌に鮮血が滲んでいる。いくら霧雨が降り注いでも、この血を洗い流すほどの勢いはない。

憎むべきは、血。了司はなにより血の繋がりを憎悪する。父親の血が流れている自分の体を嫌悪する。血を分けた息子を喜々として犯す父親に、殺意を覚える。親に犯されて抵抗できない弟を、恨む。それ以上に、その弟の悲壮な声を聞きながら、昂《たか》ぶる我が身に震撼する。

体内が、汚濁《おじょく》に塗《まみ》れる。今日見たヤクザの匕首で、切り刻みたい衝動に駆られる。

それが例え、自分の身であっても。

日数にすれば十日ほど、了司は家に寄りつかなかった。だが結局は智司のことが気にかかり、舞い戻ってきてしまっている。

智司をつれて家を出られれば…とは思う。だが、智司とふたりきりになったとき、体内に巣くう凶暴な我欲を抑えることができるのかと自問すると、断念せざるを得ない。

了司はふと足を止め、眉を顰《ひそ》めた。家の前に、珍しく人だかりが出来ている。ふいに「見せ物ちゃうぞ！」と罵声《ばせい》が飛び、ガラスの割れる音がした。同時に野次馬《やじうま》が散り散りになり、それぞれの家へと身を隠す。

家の中から悲鳴が聞こえた。智司だ！

反射的に了司は駆けていた。ひとつしかない出入口は、チンピラ風の男たちふたりに塞がれている。だが玄関を開けなくとも、割れた窓から中の様子が一望できた。

箪笥《たんす》や食器棚がひっくり返され、衣服も茶碗もなにもかもが一緒くたに混在している。カーテンは破れ、電球は引きちぎられ、父は……取り囲むようにして立っている三人のチンピラから暴行を受けているらしく、全身を痣《あざ》だらけにしてヒィヒィと情けない声を漏らしながら畳に這い蹲《つくば》っていた。智司は父を必死で庇い、男たちに怯え、泣いていた。

父も智司も、裸だった。全裸の背中に鞭打たれたような傷跡が、巨大なミミズのように何本も張りついていた。

「父がお借りしたお金は、なんとしても返します！　中学卒業したらすぐ働いて、絶対に返します！」

戸口にふたりと、中に三人。合計五人の男たちは、借金の取り立て屋だった。父は酒代欲しさに、街金に手を出していたらしい。一日経てば利息は十％増し。二週間と待たずに、利息だけで元金を上回る。返せるアテもないくせに借りる父親も父親だが、それを返すと懇願する世間知らずの智司は、さらに救いようがない。

こんな父親など、捨ててしまえばいいのだ。捨てて、逃げればいいのだ。

逃げる？　誰と？　……了司と？

そして、どうなる？　ふたりきりの逃亡の果てに、なにがある？　ふたりきりになったとき、愛しさの余り、弟に手をかけてしまわないか？　あの腐った父親のように。

了司が怯えているのは、抑えようのない自分の感情だった。こんなにも醜い兄を、それでも智司は決して見捨てない。家族に見切りをつけてくれない。だから了司は――。

どこまでも相手を許容してしまう智司を、この世で最も恐れていた。

欲しいと言えば受け止めてくれそうな優しさが……自暴自棄さが怖くて、指一本触れられずにいた。

「中学卒業したら？　われ、いつ卒業や。いま六月やで？」

「あと……九カ月。九カ月待ってください！　お願いします！」

「はぁ!?　待てるかドアホッ！」

土下座する智司の肩を、男が蹴った。

反射的に了司は窓から飛びこみ、男の顔面を殴打していた。

了司の乱入に、見張り役たちも同時に襲いかかってきた。だが腕力で負けたことはない。

体当たりしてきた男を片手で吊りあげ、容赦なく地面に叩きつけた。背中に飛びついてきた男を振り払い、鳩尾《みずおち》に拳を叩きこんだ。

胃の中身をゲェゲェと戻している仲間を見て、クソ…と吐き捨てた男が短刀を抜いた。

「このガキ、ブッ殺したる！」

目を血走らせ、奇声を発して男が突進してきた。了司は素手で短刀をつかんだ。男が目を剥いた隙に短刀を叩き落とし、刃物よりも確かな右拳で、男の鼻骨を砕いた。鼻から血を噴きあげて絶叫し、転げ回る男を、了司はさらに蹴り続けた。

「あかん、兄ちゃん！　死んでまう！　殺したらあかんっ！」

智司が叫んでいる。だが了司はやめなかった。止める理由もない。止める術《すべ》も知らない。理性などない。智司を足蹴にする者は、誰であっても許せない。

「殺《い》てまえっ！」

男たちが了司に殴りかかる。了司は怒りを男たちにぶつけた。顔面を潰し、腕の骨を叩き折った。

「兄ちゃんっ！」

背後で悲鳴が迸《ほとばし》った。

了司は目を剥き、振り向いた。智司の首には短刀がつきつけられていた。白い首筋に、ツゥ…と細い血の糸が垂れる。

「ごっついのぅ、兄ちゃんよ。大事な弟殺されたなかったら、大人しぃしとれや。おお？」

了司と距離を測りながら、男がニヤリと嗤った。倒れていた男たちも、ふらつきながら起きあがり、了司を取り押さえるべく躙《にじ》り寄る。

ひとりが椅子の背をつかみ、振りあげた。後頭部に叩きつけられても了司は耐えた。転がっていた一升瓶で顔を殴られ、額が切れた。智司が悲鳴を上げても、了司は歯を食いしばり、無言で立ち続けた。

「そや、始めから、そうやってしとれっちゅうんじゃ、ドアホ！」

抵抗しないと見るや、男たちは了司を嘲笑い、どこかから探しだしてきた荷造り用のロープを了司の手首に巻きつけた。柱を背にして座れと命じられ、そのとおりにした。胸や腹ごと縛りつけられる段になって身を捩ると、智司を脅している男が「殺すぞ！」と唾を飛ばして智司に刃を押しつけた。了司は歯軋りで怒りを堪《こら》え、体の自由を放棄した。

「智司にだけは、手ェ出すな」

「括《くく》られた格好では、脅しにもならんがな、兄ちゃんよ」

男たちがせせら笑い、了司の口をガムテープで封じ、ニヤニヤ嗤う。智司に短刀を突きつけていた男が、なにを思ったか、突然短刀を畳に刺し、空いた右手を智司の股間へ滑らせた。目を剥く了司と、怯える智司とを交互に見て、男が好色に唇を曲げる。

「俺らがここ来たとき、お前の親父と弟、なにしてたと思う？　男同士で、それも親子で。ホンマ仲ええのぅ。…なぁ兄ちゃん。われも弟とヤッてんのか。おお？」

ヒッヒッヒ…と男たちが腹を揺らした。欲望を暴かれ、了司の視界が真っ暗になる。全身から血の気が失せてゆく。智司ひとりが必死になって兄の無実を訴えてくれる。

「兄ちゃんは、そんなん違う！　兄ちゃんは……そんなことせえへんッ！」

涙を散らして叫ぶ智司は、了司の強欲など想像も出来ないのだろう。懸命に兄を弁護してくれる姿は、見ているだけで苦しくなる。

「兄ちゃんは、関係ないねん……っ」

絞るように言いながら、智司がしゃくりあげ始めた。その姿を正視できず、了司は顔を背けた。兄弟の反応が面白いのか、男のひとりが了司の頭をつかみ、強引に正面を向かせた。面白いショーを思いついたとばかりに、残酷に声を弾ませる。

「そうか。兄ちゃんは関係ないんか。そやったら部外者は、ここで見物しよやないか。のぉ、兄ちゃん」

男たちが嘲笑う。まるで了司に見せつけるように智司を目の前に座らせて、頼りない両足首をつかみ、無理やり左右に広げてしまう。了司は目を剥き、息を呑んだ。

「ああ…っ」

羞恥か、絶望か。智司が声を震わせた。男たちの手によって押さえつけされ、父に散々玩《もてあそ》ばれた痛々しい陰部を晒され、それでも了司に視線で縋り、唇を嚙みしめている。

そして、了司の目の前で。

大事な大事な、命より大事な弟は、男たちによって壊された。

了司は、なにもできなかった。

尻を犯される憐《あわ》れな智司を、ただ茫然と眼球に映していた。

「兄ちゃん……、頼みが、あんねん…っ」

男たちに揺さぶられながら、智司が弱々しく訴える。涙を零して腰を振り、畳に頬をこすられて、切れ切れの声で繰り返す。

「頼むで……見んといて…。兄ちゃんには、見られとう、な、い…ねん」

智司の懇願が苦しくて、了司は身を捩った。戒めなど、本気になれば家屋もろとも崩してやれる。だが、それすら阻《はば》むかのように、智司が首を横に振るのだ。

「こんな俺、見んといて……見たらあかん……絶対あかん……」

だから了司は目を閉じた。どんなに男たちに殴られ、蹴られても、決して目を開けなかった。なにもできない不甲斐ない兄として、せめて弟の願いを聞き入れてやりたかった。

それなのに――――。

「この兄ちゃん、勃起しとるで」

無情な声で暴かれて、心臓が凍りついた。

了司の頭上で、男たちがゲラゲラ笑う。

「弟の輪姦プレイで勃《た》たせとるわ、この兄ちゃん！」

「やっぱり親子で３Pかい。おもろい家族やのぅ」

男たちが爆笑する。了司は歯を食いしばった。知られてしまった絶望で、反射的に智司を見てしまった。

男たちに穿《うが》たれながら、智司もまた、了司を見ていた。

驚いたような顔をして。

違う…と、とっさに了司は首を振った。自分だけは智司をそんなふうに見ていないと、なんとしても弁解したかった。それが、男たちに輪姦されている智司を救う唯一の手段と信じて。だが…。

「…――兄ちゃん、ホンマに？」

信じられん…と、智司が呟いた。ウソや…と、智司が放心した顔で呟く。

そして智司は、まるで蕾《つぼみ》が開花するように、ゆっくりと口元を綻《ほころ》ばせたのだ。

男たちに仰向けにされ、足を抱えられ、ペニスを出し入れされながら、智司は至高の微笑を浮かべていた。

歓喜の涙さえ、流して。

「好きや、兄ちゃん、好きや、好きや、好きや、好きや……っ」

智司のペニスが勃ちあがる。尿道が開き、先端が光る。蜜が膨らみ、そっと一筋滑り落ちる。

　その変貌に呆然とする了司の目の前で、智司が腰を回し始めた。男たちの欲望を受け入れ、哀しいほど優しく揺れ動く。了司だけを瞳に映して。

「兄ちゃんが好きや、一番好きや、あぁ、あぁ兄ちゃん、もっと入れて、もっとして……あ、ああ、兄ちゃん……めっちゃええ、たまらん、兄ちゃん、兄ちゃん、兄ちゃん――――……」

　智司が爆《は》ぜた。

　兄を求め、兄を呼びながら。

　兄のペニスを締めつけながら。

　兄に犯されることこそ、本望と願いながら。


「今日のぶんの利子は、チャラにしたるわ。働き者の弟に感謝せぇよ」

　性欲を満たした男たちは、「また来るわ」と言い残し、悠々と去っていった。ボロ雑巾に成り果てた父親と、ピクリとも動かなくなってしまった智司を残して。

　戸口のほうから、靴音が聞こえた。了司の隣で立ち止まり、しゃがみこむ。

　先日ストリップ小屋で会った極道、岩城組次期組長の岩城宗一が、同情の目を了司に向けていた。

「…ブラコンが、アダになってしもたのぅ」

懐から匕首を抜き、了司の戒めを切断しながら口惜しそうに言った。

「お前な、こういうときこそヤクザを頼らんで、どないすんねん。…長屋のおばはんが、血相変えて飛んできよったぞ。助けたってくれー言うてな。もっと早ようわいの耳に届いてたら、あんな取り立て屋のひとつやふたつ、なんとでもしてやれたのに……もっとうまいこと人を使えや。頼れや、俺を」

「……他人には頼れん」

「アホ。ヤクザはな、一遍面倒見た人間は、みな自分の家族なんや。知り合《お》うたからには、俺らは家族なんやで？　了司よ」

「家族……？」

「そや、家族や。血ィなんぞクソ食らえや。血の繋がりがなんぼのもんじゃい。そやろ、了司！」

励ましか、同情か。岩城宗一の言葉に耳を傾けつつ口のガムテープを剥がし、了司はゆらりと立ちあがり、智司の横に膝を突いた。

智司は、息絶えていた。

殺されたのではなく、自分で舌を噛んでいた。巻きあがった舌の断片が喉を塞ぎ、窒息したのだ。そして、腹には短刀。窒息の苦痛に耐え兼ねて、自ら腹を裂いたのだろう。

だが、壮絶な最期を遂げたその顔は。

間違いなく、幸せに彩られていた。


了司は泣いた。

智司の亡骸《なきがら》を抱きしめ、声をあげて号泣した。

この瞬間まで知らなかった。智司が了司を求めていたなど、本当に知らなかったのだ。

こんなにも智司が、了司に飢えていたとは。父の暴行に耐えていたのも、了司を欲するあまりではなかったのか。了司と同じ血の流れる父に抱かれることで、智司は空虚な心を慰めていたのではなかったのか。

「血が……、たかが血ィが、なんぼのもんじゃい！」

智司を抱いて了司は吠えた。目に映るなにもかもが憎かった。すべてを破壊したかった。

血が繋がっているからこそ耐えたのに。弟を凌辱してはならないと思ったからこそ、我慢したのに！

「血のせいで、わいはお前を……失《うしの》うてしもた！」

了司は弟の首に顔を埋めた。己の強欲の凄まじさに恐れをなし、触れたくて触れられなかった禁忌の肉体を、いまだけは思う存分胸に抱き、身も世もなく号泣した。

智司の薄い表皮に、暴行の痕が付着している。散々ペニスを押しこまれて切れた唇は、黄色い膿《うみ》と男たちの陰毛が付着していた。髪も睫《まつげ》毛も精液にまみれ、ところどころが白く乾いて固まっている。

了司は弟の傷を舐めた。弟の膿を啜った。顔から首筋、胸や腹部、そして股間に至るまで、了司は己の舌ひとつで、弟の肉体を清めてやった。それが智司への、せめてもの償いであり、弔《とむら》いであった。同じ汚辱に塗れることで、智司の痛みと苦痛を共に背負ってやりたかった。

了司を求めて放たれた精液が、智司の股間を濡らしていた。了司は地面に這い蹲《つくば》り、そこを無心に舐め続けた。智司が捧げてくれた精を無駄にしてはならない。この身に余さず吸収してやりたい。

「逝くなや、智司。逝くなや。これからわいが散々抱いたる。大事にしたる。側におる。お前を守る…。のぅ…智司、これからや。わいらはまだ、これからやないか！」

訴えるそばから涙が溢れる。どうしても失いたくない。智司をこのまま逝かせたくない。なのに智司は確実に冷えてゆく。手の届かないところへ行ってしまう！

「逝かんといてくれ、智司。なんのためにわいは今日まで我慢したんや。そやろ、智司。のぅ、智司……！」

ひとりで抱えるには重すぎる絶望が、了司を狂気へと駆りたてたのだろうか。

智司から体温が失われてゆくに従い、了司の本性がゆっくりと覚醒してゆく。

了司は智司のペニスを撫でた。とても静かな、愛しい智司の一部を。了司を求め、喜々として弾けた智司の——想いの証を。

「お…おい、了司っ」

岩城宗一が、驚いて了司の肩をつかむ。了司が正気を失ったと勘違いしたらしい。だが了司は、その手を無視して歯を剥いた。

了司は智司の、静かなペニスに食らいついた。

柔らかな皮膚が破れ、智司の肉汁が溢れ返る。

智司はまだ温かかった。温かいうちに体内に取りこめば、魂は消えない。そんな身勝手な錯覚に縋った。

智司を食らえば、その魂は了司の肉体と融合し、この体内で蘇るはずだと信じたかった。

覚醒したのは、弟か。それとも了司の、獣《ケダモノ》としての本性か。

食いちぎった男根を味わいながら咀嚼《そしゃく》して、了司はごくりと飲みくだした。了司の狂気を目の当たりにし、岩城宗一が声を震わせる。

「弟を殺されたことがつらいんか、それとも、抱いてやれんかったことが口惜しいんか、どっちや」

了司は顔をあげ、どうでもええこと訊くなや、と岩城宗一を睨みつけた。ほんまにビビるわ…と、岩城宗一が唇を苦々しく曲げる。

立ちあがりざま、了司は智司の腹の短刀に手をかけ……躊躇《ためら》ったのち、身を返して宗一の懐に手を突っこんだ。了解も得ずに匕首を抜く。

「おい了司、なにする気や」

「血を絶つんじゃ」

了司は即答した。迷いはなかった。これこそが最大の、そして唯一の望みだった。

右手に匕首をぶら下げたまま、瀕死の父親に歩みよった。気配を察し、うう……と呻《うめ》き声を漏らした父親が、脅えた目で了司を見あげる。

了司は笑った。どこまでも哀れな死に損《ぞこ》ないに、腹の底から嗤いを浴びせた。

そして了司は逆手に持った匕首を、父親の腹めがけて振り下ろした。


勢いよく噴きあがったのは、鮮血。

赤い飛沫《しぶき》を浴びながら、了司は思った。華のようや……と。この父親にはどす黒い血が流れていると思っていたが、そうではなかった。

鮮血は、思いのほか美しかった。抉った腹から噴きあがる血は、たとえそれが畜生のものであっても、壮絶に綺麗な華だと了司は思った。

「親父の臓器売りゃ、借金のタシになったのに」

額に滲む冷や汗を拭うこともせず、岩城宗一が強気に反応してみせる。

「酒浸りの臓器では、使い物にならん」

淡々と返すと、血を分けた息子のセリフとは思えんな…と、岩城宗一が舌を打った。扱いにくいガキだとでも言いたいのだろう。

了司は宗一を睨みつけた。我ながら荒《すさ》んだ目つきだと思う。だが、これを教えてくれたのは、極道・岩城宗一だ。

血の繋がりが、なんぼのもんじゃい——あの言葉が、了司の心に確信を生んだ。

この血のせいで、智司に飢えた。

この血のせいで、智司を永遠に失った。

血の繋がりに囚われることは、人生で最も無意味な拘《こだわ》りだと知った。

悲しみも情も吹っ切った了司の双眼に、岩城宗一が息を呑み、やがてニヤリと頬を歪めた。

「しばらく刑務所《あんばこ》、行ってこい。戻ってきたら、弟の弔い合戦しよやないか」

思いがけず頼もしい言葉を貰《もら》い、了司は宗一の顔を見た。心強さという感情があるとしたら、それかもしれない。

なにか大きな喜びを隠しきれない顔つきで、宗一が了司の背をパンパンと叩く。そして血塗れの十七歳を仰ぎ見て言う。

「仇討つなら手ェ貸したる。その代わり…」

ヤクザが笑った。爽快に。

「そのかわり——九堂了司。われ、わいの弟分になれ。この岩城宗一のな」

返事の代わりに、了司は父親の心臓に再び匕首を突き立て、捻り、迷いなく抜いた。

先ほどより弱々しい飛沫が、それでも了司の手を染める。

パトカーが到着するまでの間、了司は華のごとくに艶《あで》やかなそれを、魅入られたように眺めていた。

◆◇◆

伴侶の背中一面に咲き乱れる曼珠沙華を撫でながら、九堂は無意識に呟いていた。

「血の華…か」

噴きあがる鮮血を美しいと感じてしまったあの瞬間に、開眼したのだろうと九堂は思う。

実際、特別《とくしょう》少年院と刑務所生活を経て、岩城組の構成員になってからの九堂は、まさしく水を得た魚である。極道の資本は、暴力。どんな綺麗ごとを並べても、それは永久に変わらない。暴力こそ、九堂の望む生き方だ。力で相手をねじ伏せるたび、武者震いが止まらない。

ベッドに俯せている廉《れん》が、愛撫の手を止めた九堂に眉を顰める。

「この刺青がどないした。お前が彫れ彫れ言うで彫ったんやんけ。文句あんのか。おお？」

「文句はあらへん。見惚れとるだけや」

威勢の良すぎる片割れに苦笑いし、九堂は廉を表に返した。足首をつかんで左右に広げ、勃起したペニスに視線を絡ませ、そこを執拗に舐めしゃぶる。

ヒクヒク疼く肛門に指を挿入し、わざと大きく掻き回した。悶《もだ》える廉に気をよくしながら自身を埋め、大きく揺さぶる。あ、あ、あ…と、気持ちよさげに廉が髪を手で乱す。

自分では意識していないのだろうが、廉の悶える様は、言葉に尽くせないほど欲情を煽《あお》る。痩身で、しなやか。美しい弓を見ているような品がある。口を開けば下品だが。

「廉よ。われ、弟のケツにぶちこんだときに、迷いはなかったんか」

「なんや唐突に」

ギシギシ、とベッドを軋ませながら、廉が眉を寄せる。

「弟に惚れてたんか？」

訊くと、廉が目を丸くした。ポカンと口も開いている。呆気にとられていた顔が、一転ケッと毒づいて歪んだ。

「アホちゃうか。なんで俺が瑛《えい》に惚れんねん。それに、血を分けた兄弟に惚れとったら、突っこめへんのちゃうか。フッー」

そう言って、思いだしたくもないとばかりに廉が口の端を歪めた。

「ま、惚れとろうがなかろうが、実の弟相手に勃つっちゅうこと自体が異常やで」

「突っこめへんのが普通で、突っこむのが異常。……お前は異常っちゅうことか、廉」

「そらそやろ。まともに見えるか？　俺が」

弟を平気で犯した兄ちゃんやで？　と、廉が己《おのれ》を蔑《さげす》んで嗤った。

廉の理屈で言うならば、廉は異常で、九堂は普通。そういうことになるだろうか。あまりにも新鮮な位置関係に、うぅむ……と九堂は唸ってしまった。

「その非道さが、お前に惚れた要因かのぅ」

「き…っ、気持ち悪いこと言うな、ドアホっ」

真っ赤になって憤慨され、九堂は豪快に笑った。笑いながら廉を大きく掬いあげる。

「あ、あああ、あ…っ」

開脚した廉の根元では、充血したペニスが揺れている。自身を扱いて早々の射精を欲する廉の右手を捕らえ、左手もろとも頭上に吊りあげて押さえ、一心に腰を打ちつけた。

「ちょ…おい、九堂！　触らせえよ！　なあ、た、頼む！　もうイきたい！　お、俺のチンチン、扱いて、くれ………アァッ！」

触れることなく廉が暴発した。仰け反って痙攣し、やがて放心状態へと移行してゆく愛しい連れあいの顔を覗きこみ、九堂は言った。

「触らんでも、充分満足しとるやないか」

悔しげに全身に汗を滲ませ、胸を上下させている廉が、まだいやらしく性器を痙攣させて吐き捨てる。

「この、人でなしっ！」

怨《うら》みがましい目で睨みつけてくる強さを嬉しく思いながら、九堂はゆっくり腰を進め、唇

を曲げて応じた。人でなし上等、と。

弟を愛するがゆえに犯しきれず、救いもできず、屍肉《しにく》を貪り喰《く》った九堂。反して、実の弟の体内で爆ぜて高笑いする廉とでは、どちらがより異常なのだろうと思案する。

「あぁ…ええ、めっちゃええ！　九堂、もっと揺すってくれ、もっと、もっとや……！」

凶悪で残忍だと誰からも恐れられる九堂了司を、達したばかりでありながら、もっとよこせと誘惑する貪欲な岩城廉こそ、なにより恐るべき存在だと、九堂は信じて疑わない。

「廉。お前だけが、わいの唯一の同類や。わいと同じ、人でなしじゃ」

「ああ、九堂……九堂、九堂……っ」

「わいとお前は、本能に生きる獣なんや、廉！」

九堂は廉に口づけた。接吻という名の、肉食行為。

剥《む》いた牙を、九堂は深々と廉の唇に突きたてた。

あとがき

こんにちは、蛸です。じゃなくて鮪です。……違います、綺月陣です。

阿鼻叫喚の二巻です。皆様、絶叫していただけましたか？　え？　思っていたより刺激が足りない？　うひゃ。私の負け。

前回は、人ではない生き物・ヒルバリーが七転八倒の大活躍でした。今回も人ではない生き物・竜城と石神（誰それって訊かずにスルーしてね）を合わせた感じの名前の大型ワンちゃん竜神丸が、精力的に大はしゃぎです。一巻のあとがきにも書きましたが、人外生物とガチンコ対決するのが好きなわけじゃありませんよ……誤解しないでくださいよ……。

さて、蛸です。本編でも番外編でも人以外のモノに踊らされている廉ですが、こちらは完全にユーモアです。前述の二大絶叫生物とは大きく異なり、八郎のシーンは微笑ましくて癒される、ほんわかシーンに仕上がっているはず……。え？　違う？

蛸やら鮪やら。獣シリーズの中でも群を抜いて中身のない話が続いて、いろいろ申し訳ございません。本編が痛くて重くて暗くて無駄に肩が凝っちゃうので、ここは新鮮な海産物で美食を堪能していただければ幸いです。さぁ皆さん、今夜は海鮮パーティーだ♪

獣・壊滅で、文字どおり九堂も廉も壊滅しました。他にもいろいろ滅んじゃいました。

「でもまだ足りない。こんなんじゃ満足できない。いっそ九堂に顎つかまれて奥歯ガタガタいわされたい」…骨の随まで獣な貴女は、シリーズ三巻目の「獣・煉獄」に乞うご期待。

「でも、廉も九堂も死んじゃったじゃん」……四の五の言わずに読んでくれたまへ。

「もう展開とか知ってるし」……お澄まし顔のお嬢様は、お口にチャック。

亜樹良のりかず様の美麗イラストも、ますます血湧き肉躍ります。次巻も漢たちが吠え、暴れ、ガンガン穿ちまくります。ガッシュ編集部の皆様も鶴のごとくに身を犠牲にし、せっせと機を織り、次なる反物をこしらえてくださっています。

どうぞ来月の発売まで、お茶とお菓子でも用意して、指折り数えてお待ちください。

また来月、お会いしましょう。

二〇一六年　三月吉日　　　　　　綺月陣

おまけ 獣〜真蛸編 より

八郎VS岩城組組長

画

八郎は組長を美味しくいただいた後、
組長に美味しくいただかれました❤

大タコヤキ

ガッシュ文庫

獣・壊滅
（2002年マガジン・マガジン刊
『獣・壊滅』所収を大幅加筆修正）

獣・真蛸
（2002年 同人誌発表作品を加筆修正）

綺月 陣先生・亜樹良のりかず先生へのご感想・ファンレターは
〒102-8405 東京都千代田区一番町29-6
（株）海王社 ガッシュ文庫編集部気付でお送り下さい。

獣《ケダモノ》・壊《かい》滅《めつ》

2016年6月10日初版第一刷発行

著　者　綺月　陣 [きづき　じん]
発行人　角谷　治
発行所　株式会社 海王社
〒102-8405　東京都千代田区一番町29-6
TEL.03(3222)5119(編集部)
TEL.03(3222)3744(出版営業部)
www.kaiohsha.com
印　刷　図書印刷株式会社

ISBN978-4-7964-0869-1

KAIOHSHA　ガッシュ文庫

KAIOHSHA　綺月 陣の本

龍と竜

イラスト／亜樹良のりかず

母親を亡くし、幼い弟と二人暮らしの竜城は生活のために掛け持ちでバイトをしている。昼のバイト先・カフェで知り合った常連客が市ノ瀬組幹部・龍一郎と知ったのは、夜のバイト先のホストクラブ。怪我をした竜城を自宅まで送ってくれたのがきっかけで石神と親しく付き合うようになり、心を奪われるのだが…。

龍と竜 ～白露～

イラスト／亜樹良のりかず

他人に頼るまいと、幼い弟を育てていた乙部竜城。彼はバイト先で市ノ瀬組幹部の龍一郎と出会う。極道ながら子供好きな龍一郎をいつしか愛するようになった竜城は彼と同棲を始めたが、組同士のいざこざで龍一郎の身に危険が迫る。極妻として生きると覚悟を決めたはずが、突然訪れた別離の予感に動揺が走り…!?

龍と竜 ～銀の鱗～

イラスト／亜樹良のりかず

母を亡くし、兄に育てられた寂しがりやの颯太は凛々しく美しい少年に成長した。颯太の義父の龍一郎は市ノ瀬組幹部。だから次期組長の次郎には子供の頃から可愛がって貰ってる。颯太の大好きな人だ。ある夜、颯太は兄・竜城と龍一郎のHシーンを目撃してしまう。驚いて家を出た颯太は次郎の家に転がりこんで…!?

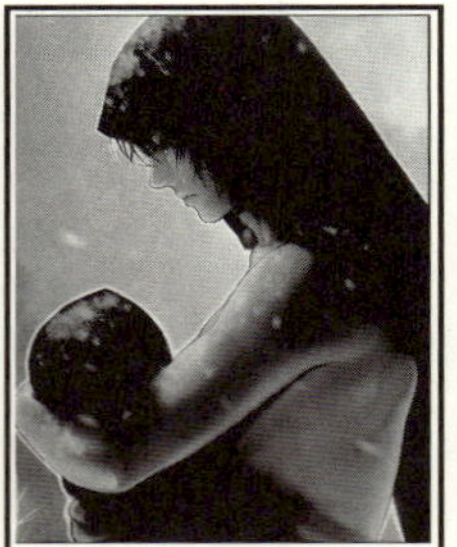

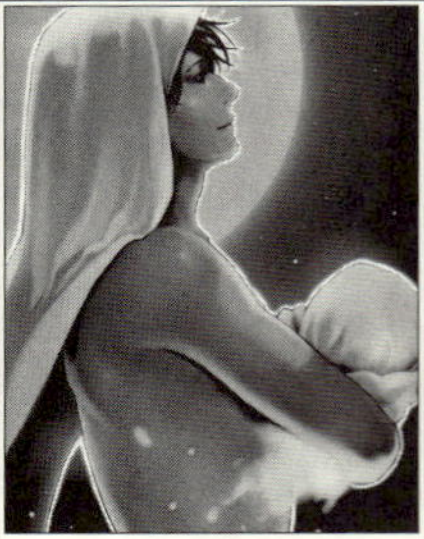